#スマホの奴隷をやめたくて

忍足みかん
OSHIDARI Mikan

文芸社文庫

目次

#スマホの奴隷をやめたくて

イラスト　すぎうらゆう

プロローグ　23歳・スマホ依存症、今日ガラケーに帰ります。

２０１７年8月13日。

じっとしているだけでも暑い。

おろしたてのキャミソールが汗で湿り、皮膚にぺとりと吸いついてくる。

太陽は照り、ひまわりは天を仰ぎ、蝉《せみ》は叫ぶ。絵に描いたような、夏。

そんな中、私はなぜか１軒の店の前で棒立ちしている。

目の前にあるガラスの扉の向こうは冷房が効いた天国だと知っている。あと一歩前に出るだけで涼風を浴びられることも、分かっている。

けれども私は動かない。

今をときめく女優がスマホ片手に笑むポスターと、「まだガラケーの方へ！」とオススメプランを示した看板横目に、深呼吸2回。

暑い空気を体に取り込み、さらに熱い息にして戻す。

ようし、迷うことはない、気持ちは決まっている。

——フツウじゃないよ？　少数派だよ？　人と違うよ？　それでもいいの？

——望むところだ。違うからこそいいんじゃないか。フツウ、なんてぐしゃっと丸めてゴミ箱にスラムダンクしてやればいい。

自問にファイナルアンサー。やっと腕を上げる。

重いと思いきや案外軽い。もう錠も鎖もついていない。

開閉ボタンを押すと、心地良い風に包まれた。

「いらっしゃいませ～。本日はどういったご用件でしょうか？」

駆け寄ってくる知的そうな店員さんに対し私は言う。

「機種変更、をしたくて」

「はい。機種はお決まりですか？」

「今使っているこれから、あれに」

これ……店員さんの視線は私の右手に収まるスマートフォンに向けられる。

そして肝心のあれ……私の左手が差す方向……トイレの横の棚を店員さんは二度見した。

まるでオバケでも目撃してしまったかのようなリアクション。

なにかのドッキリだろうか？　テッテレー！　と「大成功！」と記した板でも見せたほうがいいだろうか？

けれども私、マジなのである。本気と書いてマジなのである。

「ガラケーに……ですか？」

「はい、ガラケーにしたいんです」

「お客様、２台持ちですか？」

「いいえ、スマホはすっきり、きっぱりやめます」

「あのー、お安くスマホを持てるプランもございますが。ガラケーと同じくらいの料金でも……」

「いえいえ、お金の問題じゃなく、私はガラケーがいいんです」

そんな問答の末、私はスマホに別れを告げ、ガラケーにカムバックした。

何度も言うが２０１７年、平成29年のこと。

まさか！　なんという時代遅れ！　流行逆行！　時をかける少女か！

自分でもまさかと思う。

だってあの頃の私は〝いいね！〟のために生きていたといっても過言ではなかった。

ＳＮＳの通知音を聞くとパブロフの犬のごとくよだれが垂れ、〝いいね！〟の数が多ければ多いほど幸福の二文字が脳内を乱射し、ひとときのエクスタシーに酔う。

〝いいね！〟が前回より１つでも少ないと自分はもう価値がないから死んじまったほうがいいとすら本気で思っていた。

ＬＩＮＥが来たならば1秒でも早く返さないと焦燥が早鐘を打つし、通知音の幻聴にも悩まされていた。

みんながみんなそうしているから、ネットニュースやゲームの画面をぼんやり眺めて生きていた。

スマホの画面を見つめていないと暇に殺されそうで、いつの間にか心臓と化していた手の中の万能な文明の利器を手放せなかった。手放そうもんならば喪失の不安感で震える。

アル中？　ニコ中？　ヤク中？　何を隠そうスマホ中毒。

そうだった、私。

けれど2017年8月にスマホを手放し、この文章を綴っている2019年も傍《かたわ》らにあるのはガラケーだ。老若男女、ゆりかごから墓場までスマホのご時世だというのに。

でも、後悔はない。

むしろ後悔をしているのはスマホを使っていた時のこと。

……って！「ありえない！　今時ガラケーなんて」と本を閉じようとする手、ストップ、ストップ！

確かに私はフツウと違う。少数派だし、理解し難い、共感しづらいかもしれない。

でもこうして手に取っていただいたのもなにかの縁だし、それになにより、この赤ちゃんでもスマホのディスプレイを見つめる時代だからこそ、「自分と違う」の壁を叩き割って、異文化交流？　はたまた珍獣でも愛《め》でるかのように、もしくはゲテモノ料理にチャレンジでもするみたいに、読み進めてほしい。

なあに、別に読んだからといってスマホが使えなくなったり、ガラケーにしなくちゃいけないわけじゃないから。私、そんな魔法は使えません。

そりゃあ、この本はスマホからガラケーにしたことを核にはしているけれども、私的にはJKがガラケーだって、90歳がスマホだっていいと思ってる。使いたいもの、好きなものを持てばいいって。

十人十色、って四字熟語を生まれてこの方耳にしたことがない人はいないだろう。でも世間は「違う」に冷たいし、人と違うのは難しい。

100パーセントの多数派、フツウの人なんてそうそういないのに。

5人でご飯に行って、からあげ頼んで、4人がレモンをかける派なら、かけない派の自分はフツウと違う、少数派だ。でも別のメンバーでご飯に行ったら、今度はかけない派がフツウになり、多数派になるかもしれない。

多数派、少数派、フツウ、時代、流行、案外脆《もろ》いし、たやすく揺らぐ。

だから違うことを責めたり、少数派を追いやったり、優劣を線引きするんじゃなく、

「好き！」や「自分はこうしたい！」を尊重すべき。

そうそう、からあげは小皿に取り分けて、レモンかけたり、かけなかったり、もしくはマヨネーズなんかかけちゃってもいいよね。好きならね。カロリーの爆弾だけどね。

さて、それでは改めて名乗らせていただきます。

姓は〝忍足〟と書いて、オシダリ。名は甘く酸っぱい柑橘類のみかん。忍足みかんと申します。

マイナスだと引け目に感じていた、人と違うこと、多数派じゃないことを、弱点から武器に変えて、切り開いていこうとペンを握った平成6年生まれの小娘です。

たかが携帯電話、されど携帯電話。障がい、肌や目の色、性別、好きになる対象……違いが溢れ、多数派と少数派の間には高い壁がそびえる中で、私がペンを振りかざすことで、小さくても、弱くても、何かを変えられる一石になればいい。そんな想いを込めて記しています。

スマホの方も、ガラケーの方も、黒電話の方も、糸電話の方も、全く同じ人なんていない。

私とは違う、そこのあなたも。

この本にしばしお付き合い願います！

第1章　18歳・みんなと同じじゃないと、死ぬ系女子。

さて、この本の核である〝スマホからガラケーにカムバックした話〟をする前に、ちょっと時代をさかのぼるところから始めたい。

フルコースだって血滴《したた》るお肉はしょっぱなから出てこないし、ドラゴンボールの悟空は第1話からスーパーサイヤ人にはなれない。

ああ、アムロは第1話からガンダム動かせちゃったりするけれど、まあ、それは置いといて。

とにかく順を追っていきましょう。

私が初めて〝ケータイ〟を持ったのは2001年。なんと小学1年生のことである。同級生よりもだいぶ早かった。習い事の連絡用。基本的に電話しか使わず、電話帳も父、母、家のみ。

周りがちらほらケータイを持ち始め、放課後や夜にも友達と文字でおしゃべりしたり、「このメールを10人に送らないと死ぬ」なんてチェーンメールにビビってたのは小学5年生のこと。

ＳＮＳをやり始めて、本名じゃない非現実的な名前を名乗り、顔も知らない、記された年齢や性別が本当かどうかも分からない人と交流できるようになったのは中学1年生のこと。

「マイミクにならない？」と言われるのが魔法の呪文みたいに嬉しかったり、「前略プロフィール」で趣味を「人間観察」なんて痛々しい自己紹介で埋めていたのは、中学2年生、２００８年。

ケータイ小説の『恋空』で号泣したのもこの頃だった。そうそう、ラインストーンを貼ったりマニキュアでペイントしたり、好きなようにデコレーションするデコケータイも流行《はや》ったっけ。

そしてこの年、後に世界を席巻するＡｐｐｌｅ社のｉＰｈｏｎｅが日本で初めて発売になるわけだけれど、正直、全然覚えていない、私。多分テレビでやっていたと思う。「携帯ショップの開店待ちにこんなに行列が！」って。

でも録画したテレビ番組のように正確な日付を記憶に印字できるわけではないから、脳内に浮かべられる映像が２００８年のものかは定かではない。もっと後のものかもしれない。

ただ確かなのは、私も周りの人も、当時はそんなに関心がなかったってこと。

ハイネックでぴっちりと首元を隠した丸眼鏡のおじさんが新しい通信機器について

ブラウン管の中で堂々と語る姿には目もくれず、ケータイの画面に映る友達が書いた日記や、前略プロフィールの足跡に夢中になっていた。

そしてその頃は、それが永遠だと思っていた。

大人になってもポチポチとボタンを押してｍｉｘｉで近況を教えあって、前略プロフィールの年齢欄が20代になる日が来るもんだって。

でも〝今〟は永遠なんかじゃなくって、案外賞味期限が短い。

生魚くらい短いって気づいたのは、ＡＫＢ48の前田敦子と大島優子の総選挙に沸いた２０１１年。高校2年生のこと。

朝が弱い私がぴゅんぴゅん寝癖をつけた酷い頭で、アクビ交じりに教室に入ると、その中身が窓際に寄っていた。雑に持ち運んだせいで隅に哀れに固まったお弁当みたいに。

それは1人の周りにできた、人だかり。なんだなんだと私も真似して近付いてその人だかりの一部になる。

その中心にいたのは、流行に敏感なオシャレ番長のリンちゃんだった。

そう、はじめに言っておかねばならないけれど、私が通っていたのは郊外の中高一貫の女子校。

校則の厳しさからスケバンの如《ごと》きスカート丈、真っ黒の髪、すっぴん。ヤフー知恵袋に「○○駅にダサイ女子高生がいますがどこの学校ですか」という質問が上がり、即座に母校の名がベストアンサーになるレベル。

それに加え、女子だけの解放感からかスカートめくりが横行し、挨拶代わりにおっぱいにタッチ、エロ本とアイドル雑誌が回し読みされ、足をおっ広げては前の日も聞いた「ダイエットは明日から〜」の声と共にポテチを吸うように食い、オシャレや流行とは鎖国を貫いている始末。

けれどもリンちゃんをはじめとするグループは、スカート丈は短く、カーディガンは萌え袖、放課後になるとその年流行りのメイクでめかしこんで都心へくり出す。オシャレは親友だし、流行とのコミュニケーション能力も高い。

そして鎖国中の私たちに、原宿や渋谷で流行りのアイテムやオシャレなファッションを輸入してきてくれる。今回も、まあそんなところだろう。

近付いて見てみると、人だかりの視線は一点に集中していた。

それはリンちゃんの手。そこには書道の時間に使う硯《すずり》を薄くしたようなものが握られている。

でも、硯でいう墨が溜まる部分には、墨汁とは対照的な鋭い光が灯っていた。それは液晶画面。

「リンちゃん」

人だかりの中から声を掛けた。

「ああ、みかん、おはよ。相変わらず遅刻ギリだね。また深夜アニメでも見てたの?」

チークなのか天然なのか分からない赤い頬を私に向け、こっそり色付きのリップを塗ってるであろう桃色の唇を上げる。美少女。

女子校ってもんは意外とヒエラルキー・カーストがなく、美少女と、美少女じゃない私でも仲良くできる。

「見てないし。今日はめざましテレビの占い見てたら家出るの遅れた」

そろそろ先生が来てしまうと、みんなが席に戻り始め、人だかりは決壊する。

私の席はリンちゃんの前。木製の椅子の上に悩ましき大きめのお尻を置いて、話を続ける。

「出遅れる価値のある順位だった?」

「おうし座、８位」

「ビミョー。ていうか半分より下ぁ!?」

「でもワースト３じゃないし。中吉くらいだよ。何事も普通、ほどほどがいいじゃん」

私は、みんなが騒いでいた理由であるリンちゃんの手に握られた物体に目をやった。

「ところで、それ何?」

覗みたいな、テレビを小さくしたみたいな、なんだかドラえもんの道具みたいなそれを指さす。

「これ? スマホだよ。スマホ」

「すまほ……」

聞き慣れない単語を、私は間抜けにオウム返しする。

「新しいケータイって感じ。前から欲しくて、親に頼み込んでやっと早めの誕プレで」

「リンちゃん、誕生日来週だっけ?」

「そう、13日」

「かに座かあ。今日1位だなあ……ってケータイ!? これが?」

「そう」

「は? だってボタンが! ない! スライド式で付いてるとか? つ、付いてない……!」

おもむろに手を伸ばし、すまほとやらの背面を撫でる。私の胸と同じくらい平らな、つるつるぺったんこ。スライド式のボタンは隠れそうにない。

「ボタンは画面の中にあるの。見て」

向けられた画面の中には、平面になってしまった《あかさたなはまやらわ》が並ぶ。

なんじゃこりゃあ。気分は昔の刑事ドラマ。私は目を丸くする。

「こんなの打てる？　打ち間違わない？　指太い人、終了のお知らせじゃない？」

「打てるよ。ていうか慣れる、慣れる」

「そう？　そんなもんなの？」

「気になるならやってみていいよ」

「へ？」

ＴＲＹ。

流れるように手渡された、すまほ。思ったよりも軽い。

握ってみると、画面から出る光が８月の太陽のように眩しい。

そして指先で液晶画面を叩いて、滑らして、文字を打ってみるが、時間がかかるし、なにより疲れる。

「おしだり」と打ちたいのに、「おすだる」になってしまったお粗末な液晶画面を見て、溜息ひとつ。

こんなんじゃ今まで通り友達にメールをしたり、アメブロやＴｗｉｔｔｅｒを更新できない。

ボタンなら画面を見なくても打てるし、打ち間違いもない。安心だ。それなのにすまほはそのボタンをなくしてるだなんて。

逆なら分かる。画面上のすべすべのタッチパネルじゃ打ちづらいからボタンを付けました、なら。

でもまあ、私はすまほにしないし、そもそもすまほは一般化しない気がする。近未来的で格好良いけれども、打ちづらいし、眩しいもの。

きっと一部のセレブ、それも海外のスーパーセレブ、ジャスティン・ビーバーとかマドンナとか？　まあそんな感じの人たちの間でのみ流通するんだろう。

「すっごい顔。漫画のキャラみたいに顔に縦線3本！」

頭の中であれこれ思考を駆け巡らせている私を、リンちゃんの声が現実に戻した。

「いや、だってこれ難しいよ。打てない、慣れない。文字1つ打つのが難しくって、なんか没頭っていうか、のめり込んじゃって他のことができなくなっちゃう。ヤバイね」

「じゃあ先生来てるのも気づいてない？」

「へ？」

教壇のほうを見ると、お笑いコンビ・爆笑問題の田中さん似の我らが担任がこっちを睨んでいる。

気づけばクラスの全員が起立していて、ホームルームを始める号令が、入り待ち出待ちならぬ、私待ちをしている。

「忍足は重役出勤だなあ。先生びっくりだ」

「出勤っていうか登校じゃない？　ていうか登校はしてるから……重役挨拶？　重役起立？　重役礼？」

クラスメイトの1人が言って、どっと笑いが起こる。

「どれにせよ、偉くなったもんだ」

「すっ、すみません～！」

リンちゃんにすまほを返して、私はへこへこ頭を下げながら立ち上がる。いじられて熱くなる頬を押さえながら、私は身を後ろに倒して、「なんで早く教えてくれなかったのー！」と今言っても無意味《ナンセンス》な文句を言う。

「何回も声掛けたってば。でもみかんが気づかないから」

「気づけなかったんだってば！　もー、すまほ難しい。私には無理だわ、ケータイのボタンと今後も生きてく」

そう、のちにスマホ中毒となる私だが、第一印象では全くその魅力が分からなかった。

「えーっ？　でも多分、今後はケータイよりスマホが主流になると思うよ」

「いやいや、ないでしょ、それはー！」

もしそんなことになったら……。まるで世にも奇妙な物語だ。

だらららん、だらららららんっ。あの少しぞっとするテーマソングが耳の奥で響き、タモリの顔が脳裏を過《よぎ》る。

＊

けれども、1年後。

高校3年生になった2012年。

リンちゃんの予言は的中し、私は世にも奇妙な物語の登場人物になってしまった。

クラスの半分がスマホになっていたのである。

世間一般にケータイと呼ばれていた2つ折りでボタンのついたそれは、〝ガラケー〟なんて呼ばれ方をしだした。ガラクタケータイと聞いて、酷い！　とショックを受けたのだけれど、正式にはガラパゴスケータイ、つまりガラパゴス諸島の生物のように、島国である日本で独自の進化をした携帯電話であるということを聞いて少し安心した。

私は初めてスマホで文字を打った時に感じた「これは無理だ！」というファーストインパクトが強くて、スマホを自分の生活の一部にしたいとはまだ思えず。

リンちゃんら流行輸入業者の面々がクラスの中心で話している、スマホの画面の奥のみに存在する聞き慣れない単語を耳にしながら、ガラケーでポチポチと可愛いデコメを探したり、ラジオ局のホームページで声優さんの着信ボイスをダウンロードしたりしていた。

そして、この教室のような、スマホとガラケー半々の図がずっと保たれたらいいと思っていた。

ところが、前述のガラケーの意味もそうだけれど、次第に、「まだガラケーなの？」と鼻でフフンッと笑うような空気が生まれつつあった。

例えば高３から担任になった、『こち亀』の主人公みたいな先生が、テスト前に、「携帯電話こん中入れろぉー！」と袋を広げ教室を回る時。

機械が苦手で、流行なんて知ったこっちゃない先生は、袋にスマホが入る時には「ブブーッ」と眉は八の字に、唇は尖らせ、顔をしかめた。ガラケーが入る時には「ピンポンピンポン」と口角を上げ、目を細め、いかつい顔をほころばせる。リンちゃんからブーイングを受けた。

「先生の流行遅れー！　原始人っ！　終わってるっ！」

「うるせー！　俺は機械は嫌いなんだよ！」

そんなやりとりで、教室にヤジと笑いが起きるけれど、なぜか作り笑いしかできないのは、私が同じ18歳のリンちゃんよりも、50歳の先生寄りの考えだからかもしれない。

スマホに対して友好的じゃないのは……ガンコ親父の証で時代遅れの象徴？

失礼しちゃう、まだ花も恥じらうＪＫだっていうのに。でも私の心の中には小さいおじさんがマイホームを建てている。

他の流行には、最先端には手が届かなくとも、並ぐらいはつかめているはずだ。できたばかりのスカイツリーを見に行ったし、ＡＫＢのあっちゃんの卒業にはびっくりしたし、「ワイルドだろぉ?」も乱用している。

でも、なぜかスマホは……うぅーん……。まあ、いいや。考えるのやめよう。人には好き・嫌い、得手・不得手があるもんだし。

それになによりクラスの半数は私と同じなんだし。１人じゃないいんだし。だから大丈夫。

けれども、ある日の帰り道。

リンちゃんのように渋谷や原宿に出向く力も勇気もない私と友達（みんなガラケー）が地元の安いファミレスであれこれ話していると、

「早くスマホにしたいなあ」

ドリンクバーで入れてきたジンジャーエールをストローでくるくる混ぜ、炭酸の泡をもてあそびつつ１人が言う。

えっ?

「あー分かる。でも私まだ2年経ってないから親に駄目だって言われてー。辛いわあ」

「私も私も！　大学生になったら入学祝いで買ってあげるって言われたけど、そうじゃなく今欲しいんだって、今！　なう！　ＪＫのうちにぃ〜！」

それはさながら「敵は本能寺にあり！」と叫ぶ明智光秀みたいな唐突な裏切り。

私は「ブルータス、お前もか！」と叫びたくなる気持ちをアイスティーで流し込んで、口と心を整え、言う。

「みんなスマホにしたい系……？」

間髪いれずに答えは来る。

「当たり前じゃーん」

「できるなら今すぐにでもしたいよねぇ」

「みかんもそうでしょ？」

「あっ、うん！　もちろん。早くスマホにしたくてしたくて震えるわ」

「西野カナかよー！」

日本人の伝家の宝刀〝自分の意見を押し殺してでも空気を読む〟を発動して笑ってみたけど、内心めっちゃ焦っていた。

漫画で言う、頭の上からぴゅぴゅぴゅって汗が飛び散ってる状態。えー！　マジですか。誠で御座いますか。オーマイゴッド！

きっとみんな……クラスの50パーセントのガラケーの人も……街で見かけるガラケーの人も……私と同じだと信じていたけれど、どうやら違うみたい。

早く
スマホにしたーい
今すぐ
変えたーい!
私も私もー
だよねー

どこかに私と同じ意見の人はいないものかとガラケーの友達やクラスメイトに何気なく聞いてみたものの、返ってくる答えは決まって2パターン。

①親に大学生になるまでガラケーで我慢しろと言われた勢。

②買ってから2年経ってないからまだ機種変更できないんだよね勢。

ちなみに、「2年」というのは、多くの通信会社は2年契約で、更新月以外に解約をすると解約金を支払わなければならないということ。高校生が支払える額ではないのだ。

そう、つまりみんながみんな、〝スマホにしたいけどできないから仕方なくガラケーユーザー〟だったのだ。

私みたいに、果汁100パーセントくらい純な、心からのガラケーユーザーではなかった。パタパタとオセロみたいに形勢逆転。

あれ？　私って少数派だったの？　じわじわと焦る気持ちが湧いてきた。

極め付けは、クラスメイトのナツミである。

委員会の仕事で遅くなってしまった放課後、誰もいないはずの教室からゴンッゴンッと固いものがぶつかる音がして、6割の好奇心と4割の恐怖心で覗いてみると、そこにいたのは未練に漂う幽霊でも、鬼太郎に救護要請しなくちゃならない悪い妖怪でもなく、地面に膝をつき何かを投げるナツミの姿。

投げられているものは固いようだ。埃を舞い散らしながら床を滑り、ドゴッという鈍い音と共に壁に衝突し、バウンド、また手元に戻ってくると再び投げられる。

「ナツミ、何してんの？」

「あぁ〜！　みかんちーん」

声を掛けると萌え系のアニメキャラみたいなトーンで返事が来る。

彼女のぶりっ子な態度をクラスメイトの大半は嫌うけれど、私はあざとい一挙一動を計算ではなく自然にやってのけちゃう彼女が面白くて、時々言葉を交わす。

まあナツミの話の9割は、いるかいないか分からない、写真1枚見せてくれない、完璧すぎるモデルの彼氏のノロケだけれど。

「みかんちんこそ、何してるの？」

「委員会だったの。会議という名のおしゃべりタイムって感じ」

「ふうん」

「で、ナツミは？　何してたのこんなとこで？」

「ふてくされてた！　デートキャンセルになっちゃったの。急な撮影だって。パリコレもあるし忙しいんだよぉ、ナツミの王子様は」

ツッコミどころ満載。

でもまあそんなことは置いといて（それを気にしていたらナツミとは10秒もしゃべれない）、床を見る。

掃除係が手を抜いて掃いたであろう、埃と小虫の死骸がポツポツ散っている白いリノリウム張りの床には、ついさっきまで彼女がボーリングあるいはカーリングの如く滑らせて、故意に壁に衝突させていた何かがある。

改めて見ると、それは……。

「コムじゃん！」

正式にはウィルコムという会社が出しているＰＨＳ。通称コム。

２つ折りタイプじゃなく、バータイプ、つまり液晶画面とボタンが長方形の中に共生しているデザイン。

原色を使ったビビッドな色合いが可愛いと少し前まで人気で、その上、料金が安いからと、友達と連絡するケータイとは別に、彼氏専用にお揃いのコムを買っている子もいた。少し前までコムを持っているのがオシャレだという時期もあった。

ナツミのコムだって1年くらい前、「彼氏とお揃いなのー！」と見せてくれたものだ。目が覚めるような明るいピンク色。

けれどもその鮮やかな塗装も、度重なる壁とのクラッシュで剥がれつつある。コムからすりゃ迷惑きわまりない話である。

可愛い、オシャレ、すてき！　と、もてはやされてから早1年たらずで理不尽な暴行にあっている。ペットブームが起きると、数年後には保健所が飽きられたペットでパンクするという話を聞いたことがあるけれど、まさしく、それだ。

哀れに横たわるコムを拾い上げて、埃を払って、持ち主に手渡すものの、受け取ってくれない。

「ナツミもスマホにしたいんだけどさ、まだ駄目って親に言われちゃって。じゃあ壊れたってことにしたらいいんじゃね？　って思い付いてぇ。水につけたり、投げてるけど、壊れないの。ムカついちゃう」

「……まだ使えるのに？」

「オバサンみたいなこと言う。みかんちん」

「オバサンかも、精神年齢」

「えー。やだやだ。身も心も18歳でいよーよ」

「クレープでも食べ行く？　18歳らしく」

「いいよっ。クレープ食べて、携帯ショップにスマホ触りに行こっ」

「そんなにスマホっていいもの？」

「そりゃあ、だってさ、置いてかれたくないじゃん。みんなといっしょじゃなきゃ嫌じゃん。ダサイって思われたくないし、みんなと違うってイコール死じゃん。ナツミ、死にたくないもんっ！」

その時ピリリと私の手の中で鳴る。擬人化したら、シュワルツェネッガーばりに強い、水責めも拷問ものともしない可愛い顔してタフな、コムが。

「彼氏だっ！」と小さく叫んで、私の手からコムを奪い、ナツミはこちらに見向きもせず教室を出た。

取り残された私は、鞄を開け自分のガラケー……ケータイを取り出してみる。

そしてナツミがしていたように少し屈んで、ケータイを持つ手を汚い床に添えて、サブマリン投法を試みるけれど、投げることなどできなくて。

ぎゅっと強く、落とさないように握ったまま投げる真似を1回しただけで、また鞄にしまった。

ここで思い切り投げられるのが正しい18歳？　おいおい、それは違うか。

教室を後にし、吹奏楽部の奏でる『ラプソディ・イン・ブルー』と、校庭を走る陸上部の「ファイッオー、ファイッオー！」というハリのある掛け声に鼓膜を震わされながら、帰宅部としての使命を全うすべく下駄箱へ走った。

卒業式で歌う曲と言えば、『仰げば尊し』と『蛍の光』が2強だろう。

けれども2013年3月、私の学年はなぜかゴールデンボンバーの『女々しくて』を振り付け込みで熱唱して母校より巣立った。

女々しいもなにも女子校だから全員が女子だし。女々しいというより雄々しい……メスゴリラの集まりみたいなものだけどなあ……！　と、慣れ親しんだ学び舎はツッコミを入れただろう。

＊

そして、いざ、大学生。

桜舞い散る中で、似合わないスーツに、下手な化粧を施した顔で、見栄を張ったヒールのせいで生まれたての子馬のような足取りで入学式会場の講堂に辿り着いた。

隣の席は同じ大学に進学したリンちゃんだった。

「みかん！　良かった、知ってる人が隣で。不安だったの」

「リンちゃんでもそんな風に思うんだ」

「どーいう意味？　私意外と繊細なの。だからね、隣が知ってる人じゃないと寝れないの」

「おいおい……」

「みかんの肩枕！」だなんて言いつつ私の肩に身を預けるリンちゃんの顔をまじまじと見る。

髪を栗色に染め、花の香りをまとって、先生にバレない用メイクから、ちゃんとした本物のメイクにメタモルフォーゼしている。

かくいう私が顔に施した色合いは、なんだか七五三っぽい。これに千歳飴でもあれば完璧。

「あ、みかん、いい？」

「へ？」

体勢を起こした彼女がポケットから取り出したのは、スマートフォン。カバーは水色のドレスのお姫様。

そしてその画面の上で2、3度親指を弾ませたかと思うと、私に顔をぐっと近付けて、スマホ片手に腕を伸ばした。2つの顔が画面に浮かぶ。

「記念に1枚、1枚～！」

言い終えると同時に画面の中にある◯《まる》が押され、3、2、1、とカウントが始まるので、しぶしぶ口角を上げてピースサインをしてみた。

シャッターが切られると、リンちゃんは腕を戻し、満足そうに画面を見る。

「これFacebookとかに載せていい?」

断りづらい美人の上目遣い。

「いーよ」と答えると、さっそくスマホを見つめて動かなくなった。

〝用済み〟になってしまったらしい私。

なんとも癪《しゃく》なのであれこれ話し掛けてみるものの、見事な空返事。ふうん、へえ、うんうん。

諦めて辺りを見回すと、リンちゃんと同じようにスマホ片手に腕を伸ばしシャッター音を響かせている人と、スマホ握って石化した人の多いこと多いこと……。

スマホ率、めっちゃ上がったな……!

「大学生になったらスマホにする勢」は私の周りだけじゃなかったらしい。

斜め前の席の、地方から出てきたであろう方言交じりの子の手にもスマホがある。

私も友達から来ていたメールに返事をしたかったけれど、入学祝いに買ってもらったアナスイの鞄の中のガラケーに手を伸ばせない。

Q.なんで?

捻る首。でも答えはすぐに出ない。

私の首は捻られたまま入学式が始まる。

繰り返される「ご入学おめでとうございます」と、女子大特有の「学問に励み、立派な大人になり、良い妻、優しい母になってください」なんて時代錯誤な祝辞を受け流しつつ考える。

何回目かの「入学おめでとう」の後、捻っていた首は垂直に戻った。

A．恥ずかしいって思ったからだ。

恥ずかしい？　恥ずかしいってなんだ。

私は裸でもなければ、失敗もしていない。

でも触れた頬は火が出るほど熱い。私、自分がガラケーってことを恥じてる。

なななんで⁉　別に恥ずかしくないじゃん。街に出ればガラケーの人もいるよ。

でも、瞬間的に、本能的に、恥じてしまった。

アメリカのセレブの間でしか流行らないと高《たか》を括《くく》っていたのに、スマホは日本でも世界でも確実に市民権を得て、ガラケーが押されているのは一目瞭然だった。でも、だからって〝恥ずかしい〟だなんて。

けれども携帯会社のＣＭでは、「まだガラケーなの？」「いつまでもガラケーじゃねえ」なんてフレーズが飛び、テレビのバラエティ番組ではスマホの芸人がガラケーの芸人を小馬鹿にして笑いが起きている。

まさにスマホ包囲網？　ガラケー恥ずかしい＆スマホにしなくちゃという空気が酸素、窒素《ちっそ》、二酸化炭素に交じって、見えないけれどもここにある。私を焦らせてくるのだ。

私は完全に乗り遅れてしまっていた。


大学生活が始まるとその空気は濃度を増す……というかひしひしと襲いかかってきた。

例えば、ＬＩＮＥのグループ。

大学のクラスは約40人。適当に自己紹介したあとに「グループＬＩＮＥ作ろうか」という話になり、スマホを取り出せなかったのは私を含む2人。わずか5パーセント。

「えっ。スマホじゃないの……？　あっ、じゃあメアド！　メアドでいいよ！　教えてっ！」

クラス委員長に指名された聡明そうな美人は、綺麗な顔で狼狽《ろうばい》しつつ言った。

他の38人がスマホなのを横目に、私は自分のメアドを紙に書く。

その間の周りの目が痛いこと、痛いこと。スマホならすぐなのに手間かけさせて……口では言ってないけれど目がそう言っている。

例えば、ＳＮＳアプリ。

高校の友達も、新しくできた大学の友達も、誰もがスマホで、ＳＮＳアプリを当然のようにやっている。

私もパソコンやガラケーでＳＮＳはやっていたが、スマホならアプリで簡単にアクセスできるので、スマホの友人たちのＳＮＳへのアップ数は私とは桁違《けたちが》いだった。

そしてその世界は現実と陸続きになっている。画面の中だけの独立世界じゃない。

学食で、さっきの授業のことや、流行りのドラマの話をしているのに、ふいに「そういえばこの前のＦａｃｅｂｏｏｋに載せてたの見たけどー」なんて話が出ると、途端に現実とスマホの中、別々だった世界が繋がる。

「あ！　私も見た。あれどこの店？」

「ねえ、一緒に映ってたの彼氏？」

そうなるとＳＮＳアプリをやってない私はついていけない。

誰かが「待って！　みかんはＦａｃｅｂｏｏｋやってないんだから」と言った瞬間腫《は》れ物扱いとなり、「あのね、この前……」と説明が始まり、わっと沸いた会話のリズムに水をさす。申し訳なくなる。

スマホじゃないことに対しての羞恥心《しゅうちしん》がムクムクと肥大化《ひだいか》する。

でもまだスマホにする気にはなれずにいた。

理由ははっきりと分からないけれど。なんかイヤなのだ。なんか底知れぬ恐ろしさを感じるというか、本能が抵抗していたとしか言いようがないのだけど。ガラケーの機能で十分満足していたし。

誰もが誰も、授業中ですら机の下にこっそり隠してスマホを見ている。大教室なんてそれが顕著《けんちょ》で、後ろの席に座れば、テーブルの下にまるで蛍のように四角い光が灯っている。みんなが上手に右手でペンを握り、黒板をちゃんと見つつ、先生の隙をついてSNSチェックだか、ゲームだか動画だか何だか知らないけれど、楽しんでいるのが分かる。

学生としてあるべき姿はきっと両の手を机の上に置いて勉学に励むことなんだろうけれど、現代における学生、あるいは多数派としては、いかに教授を欺《あざむ》き勉強をする振りを見せるかのほうが大きい。

＊

大学生活に慣れてきた7月。

私は授業の終わりにクラス委員長に呼び出され、開口一番こう言われた。

「忍足ちゃんはスマホにしないの？」

えっ？

「ごめんね、ハッキリ言っちゃって……。クラスの連絡なんだけれど」

休講のお知らせや、教室の変更のメールは彼女から来る。

「他のみんなはグループＬＩＮＥで流せば済むんだけど、忍足ちゃんはＬＩＮＥじゃないから……同じ内容をメールしなくちゃいけなくて。私もバイトとかあるし、ちょっと、負担が……」

ぽつぽつと言葉を選びながら言うその姿に、罪悪感にストレートのパンチを喰らわされた気分になる。クロスカウンターを返す力は残っていない。

「私以外にもう１人ガラケーの子いたけれど……あの子は」

「あぁ……なんか大学辞めたみたい」

どうりで最近見ないと思った。

でも、これでガラケーはクラスで私１人。クラス委員長に手間をかけさせるのは胸が痛む。

羞恥心に加えて罪悪感となると、これはもう白旗を上げざるを得ない。お手上げだ。

私は「メールなんてコピーしてペッて送りゃいいだけじゃん」と言える図々しさは持ち合わせていない。

それに、多分、心のどこかでホッとしてもいる。

スマホにしたい！　って心から思えてはいないけれど……でもこれで多数派になれる、仲間外れにならなくて済む、みんなの話題についていける。やっとそのきっかけがもらえたような気がしたのだ。

委員長に、「なるべく早くスマホにする」と言うと、彼女は「ご、ごめんね。でもほら、時代。時代だからさぁ」と、時代という実体のない、人々を支配する怪物に責任転嫁して去っていった。

「大丈夫だ。大丈夫。だってみんながみんなスマホだし」

根拠ゼロ、突然変異で現れた自信で、私の中にこびりついている初めてスマホに触れた時の眼球が焼けるような眩しさと、文字の打ちづらさによるファーストインパクト、教室中がスマホに乗っ取られたかのように手のひらの上の画面にのめり込んでいるのを見て感じた恐怖……セカンドインパクトといったところを上塗り、上塗り、していく。

あれから2年も経ってる、ファーストインパクトのままならスマホがこんなに普及しているはずがない。

そしてそれから数日後、ついに私は〝スマホデビュー〟を果たした。

愛着があった自分のガラケーと、お別れすることにしたのだ。

役目を終えた、もうディスプレイに光を灯さぬガラケー。家族が死んだみたいだ。きれいな顔してるだろ。ウソみたいだろ。死んでるんだぜ。それで。気分はさながらタッチの上杉達也である。

「よくも私のケータイを……！」って熱情と、世界史でやった杉原千畝《ちうね》の命のビザをもらった人みたいに、「ああこれで友達との集団生活を生き抜ける。スマホは友情の手形だあ……」という安堵が、パチパチと私の脳内で弾けている。

そして店員さんがニコニコ顔で運んできたスマホにも触れる。

美しく、洗練された、近未来的なボディ。これが自分のものになるかと思うと、さっきまでの熱情はどこへやら、気持ちが高ぶっていくのを感じた。

さて諸々の手続きが終わり、私は意気揚々と携帯ショップを出て、スタバでアイスチャイティーラテを啜《すす》りつつ、「まだスマホにしてないの？」「早くスマホにしないとー」「ガラケーなんて恥ずかしいよ」と会うたび言われてきた友達にメールをする。

側面に付いた突起を押すと、長方形からパッと眩《まばゆ》い人工的な光が放たれる。

「うっ、眩しい！」

その光はサボテンのように棘《とげ》があるみたい。目玉にチクチク刺さる。

でも、顔を上げて辺りを見ると、多くの人がその光に疑問を感じることなく見つめている。

おおーっ
これがスマホ…
ピカピカ

メールのアイコンに人差し指をのせると作成画面が出てくる。ディスプレイに浮かぶ真っ白な本文と文字パネル。

すぅ、はぁと深呼吸をして、いざ。かかってきなさい。

指を置いて弾ませる。

ふいにリンちゃんがしていたのを思い出して、指を滑らせてみる。フリック入力ってやつだ。けれども、頭で思い浮かべていたように文字が打てない。だから文章もめちゃくちゃだ。

〈おひだるだゆ！　すまはにすたや！！！！〉

がんがんと照る画面に浮かぶそれを見て、今まで自分を突き動かしていた謎の自信が音を立てて崩れた。

顔に縦線。苦笑い。2年経とうが私の指は太いままだし、スマホへの適応能力は習得できそうもない。

ケータイの物理ボタン、パソコンのキーボードが恋しく、妙に頼もしく思った。

でも今それは私の手の中にはない。昨日まで使っていたガラケーは、もう使えない。

チャイティーラテの甘さが、ちいんと虫歯にしみた。

第2章　20歳・スマホ＝心臓ですが、なにか？

さて、自分にスマホの習得能力はない、現代人失格だ、と思っていた私だったが……そう、のめり込んでいくのはあっという間だった。

本当にあっという間。デビューが人より遅かったせいだろうか、坂道を転がるようにしてスマホの虜《とりこ》になった。

みんなが食い入るようにスマホを見つめている理由がすぐによく分かった。それは私にとっても魔法のアイテムだった。

スマホは1台でなんでもできる。アプリを入れるだけで、SNSだって、ゲームだって、最新ニュースだって、お店の割引クーポンだって。しかも、どこにいても、思い立ったらすぐにアクセスできる。

はじめに感じた使いづらさを便利さや楽しさで矯正して、スマホが手に馴染《なじ》む頃には立派に時代に適合し、現代人合格。１００点！　はなまるっ‼

なくても平気で生きていけてたのに、一度所有するとないと駄目。スマホなしでは生きていけなくなる。

便利と娯楽と快感って、人に対して無敵だ。

そりゃあもう無敵だ。向かうところ敵なしである。

スマホにしたばかりの頃は、こんなのとても使いこなせないと思った、液晶画面に浮かぶ文字パネル。物理的な、ガラケーのボタンを恋しがっていた親指。

でも、手にしてたった3日たらずで、フリック入力だってすっかりお手のもの。

親指はボタンとの恋に終止符《ピリオド》を打ち、タッチパネルとの熱く甘いアバンチュール。


まずはLINEを始めた。

これでもうクラスの連絡で委員長に余計な手間と労力を使わせることもない。

それに文字での小刻みでリアルタイムな会話は楽しい。

友達とは24時間一緒にいられるわけではない。サークルもあればバイトもある。ひとりになると、もしかして誰かが私のことを悪く言っていたらどうしようとか、孤立したら……と心配になる。

LINEの通知が来れば、気休めとはいえ安心するのだ。

誰かと繋がっている、今自分は傍目《はため》にはひとりで孤独だけれど、そんなことはない、スマホの中で繋がっている、と思える。

友達に招待してもらったいくつものグループLINEでは、ピロンとメッセージを受信するやいなや、既読をつけて言葉を返す。

自分が機関銃のように返事をするので、相手の返事が遅いとイライラする。

既読がついて返事がない〝既読スルー〟なんて、もう地団駄踏んじゃう。文字では打ち込まなくとも画面を睨みつけて罵倒する。

「あんた何してるわけ⁉　今日はサークルもゼミもないはずじゃん！」

既読無視なんてされた暁には、「私に孤独を味わわせるなんて死んじまえ」とすら思う。苛立《いらだ》っている様はもはや人間ではない。私の目玉は画面を睨んでパチパチと瞬《またた》き、心の中はイライラ煮え繰り返っている。

そのルールはもちろん自分にも適用。即レス（すぐ返事をすること）が基本。乗り遅れることは置いていかれてしまうようで怖いし、禁忌でも犯している気分にさせられる。

だから常にスマホを握っているし、通知音にも敏感になる。

通知音が鳴った気がして飛びつくも、幻聴だったなんてことざらにある。

そしてLINEを通じて友達に誘われたのが流行のスマホゲーム。

私はゲームを全くしない。小学校の時にポケモンとマリオを少しやったくらい。

中学生の時に人気だったＲＰＧに手を出したけど、難しくていつまでたっても村から出られず冒険すら始められなかった。世界を救う勇者になり損ねたのだ。だから、

「このゲーム面白いよ！　みかんもやろ！」

というメッセージにははじめ消極的で、

「私たまごっちは２日で死なせたし、ピーチ姫も救えないし、ゲーム向いてない」

と返したのだが、友達は宗教か、はたまた保険の勧誘の如く誘ってくるので、そんなに言うなら……とインストールしてみた。

それは確かに簡単で、キャラクターを育てて戦わせたり、○△→↓→みたいなコマンドを覚える必要のないパズルゲームだった。

画面に浮かぶ無数のキャラクターを指先でなぞって消す。ただ、それだけ。

ただそれだけなのに、ハイスコアを目指したい、ゲームのランキングで上位にいたい、ゲーム内のミッションをクリアしてレアなアイテムを手に入れたい、と夢中になってプレイしている。

１回のゲームは１分ほど。そして連続で遊べるのは５回。

５回を過ぎるとゲームはできなくなるが、30分待つと１回分回復してまた遊ぶことができる。

その待ち時間のカウントダウンの数字が浮かぶと、私は「あと５分でもう１回でき

る……あと3分……1分……5、4、3、2、1！」と残り時間を追い、またゲームをし、またカウントダウンをすることを繰り返した。

友達の中には課金をしている人もいた。課金をすれば間を空けずゲームができると聞いて羨《うらや》ましかったけれども、「いやいやそこまでのめり込んでいないし」と言いつつ、1日何度もカウントダウンをした。

ハイスコアやミッションクリアの文字や、ガチャで引いたレアなキャラクターが微笑む画面が手の中にあると、幸福感が心と脳にじんわり広がった。

アドレナリン？　セロトニン？　ドーパミン？　何だったっけ？　高校生の時に聞いた「幸せな時に出る幸福物質」の存在をありありと感じる。


それからSNSアプリも始めた。

前はブログ、mixi、前略ぐらいだったのに、今はTwitter、Facebook、Instagramなどと溢れているし、より手軽だ。アプリからはより簡単にアクセスすることができるし、アプリならではの機能や見やすさも魅力だった。

SNSには不特定多数の人がいる。大学生という生活スタイル以外で生きている人ももちろんたくさんいる。自分とは違う生活をしている人と交流できるのも、SNSの魅力だ。

みんなが寝静まった深夜が活動タイムの人もいれば、明け方が活動タイムの人もいる。いずれにしてもタイムラインには常に誰かがいる。それが私を安心させた。

最初に投稿したのは、忘れもしない、大学の最寄り駅にある友人たちが御用達《ごようたし》のカフェのケーキだった。

ここのケーキは若い女性客をターゲットにしていて、ウサギやクマを象《かたど》っていたり、食器1つにしてもとても可愛くて、そして映《ば》える。

ケーキを注文する間にSNSのアカウントを作った。mixiや前略プロフィールをやってきたから1Dを作りパスワードを決める作業は難しくはない。

アカウントを作ると、早々にみんなが「私のことフォローして」と言うので、すぐにフォロー。みんなフォロワーは1000人を超えているのに私はまだ目の前にいる4人だけで、なんだか焦ってしまう。

「お待たせいたしました」

運ばれてきたケーキ。とても美味しそうなのに、誰もすぐには食べない。みんながみんな、まずは撮影する。

「テーブルに対してスマホは垂直に置く？　それとも並列？」

「どっちが映えるかな？」

「ケーキだけ映すより、友達といる感じを出したほうがいいよ」

と、1人がカメラマンとなり、他の面々はケーキを前にピース。

今度はケーキ単体で撮る。

ケーキだからそう簡単に味は変わらないかもしれないけれど、もし5分以内に食べないと味が変わってしまう食べ物が出されたとしても、きっとみんなこうするだろう。

カメラに収まってしまえば味なんて、風味なんて、賞味期限なんてどうでもいい。

「私加工するから、みんな載せるならこれでよろしくー」

顔が映っている写真は友人が素早く加工してくれたので、私もそれをさっそくSNSに初投稿した。

すぐに反応が来る。

それは目の前にいる友達からのものだったけれど、ハートに照らされた〝いいね！〟の数に心が躍った。

〝いいね！〟っていうのは、フォローしている友達の投稿に対して反応をすること。たくさん来れば、それだけ注目されているという目安になる。

ハートの横の4の数字を目にして、

「あ、私、生きてていいんだ」

とすら思えた。

＊

それからは、のめり込むようにSNSにアップするようになっていった。

友達以外からの〝いいね！〟が贈られると、なんとも味わったことのない絶頂めいたものによだれすら垂れそうになる。

私は自意識が低い。自分のことはブスだと思う。人より秀でたところもない。頭も良くないと思う。でも人に評価されたくてたまらない。言わば消極的《ネガティブ》なナルシストだ。

ガラケー時代にやっていたSNSの画面上でも、「下手だけど」という呟きに絵を添えて、「ブスだけど……」「ブスなほうが私」という文言にプリクラを添えて発信しては、画面越しの友達からの「そんなことないよ〜」を求めた、必死に。

そんな具合の私なので、スマホの画面上に広がる新しい、世界中の人からの評価が受けられるSNSに食いつかないわけがない。

ここではいくらでも美しく偽れる。

綺麗に撮れるカメラアプリをインストール。自撮り棒も買った。

すてきな風景、珍しい場所、人気のアミューズメントパークで掲げた自撮り棒の下、みんなでピースサイン。撮った写真の中からより好い１枚を選ぶ。

そして目玉を宇宙人ばりに大きくして、肌は透き通るほど白くして、載せる。「ブスだけど」と一言添えて、原形を失うほど加工され、色は白く、顔は細く、目は大きく加工された自撮り写真を載せる。

すぐに〝いいね！〟や、「かわいいじゃん」「どこがブスなんですか」という言葉に落ち着く。

〝いいね！〟というのはいい機能だと思った。現実の私はこんなに褒められないのに、画面の中の私だけはこんなにも人に愛してもらえる。〝いいね！〟で存在価値を得ることができた。

画面上の評価1つでも、たった一言のコメントでも、嬉しい。快感、快感だ。

昔見たお父さんが好きな昭和の映画で、セーラー服の女の子がガガガッと銃をぶっ放して言う「カイカン」。そう、まさしく、あの感じ。

人に憧れられたり、羨ましがられたり、褒められるのは快感。

でも簡単にはできない。生まれ持ったものとか類稀《たぐいまれ》なる才能がないと手にできない。だけど、スマホがあれば才能なんて超えられない壁もぶっ壊して、美貌なんて作り上げて、称賛も羨望も手にできる。

現実世界では満たされることのない私の承認欲求を満たしてくれる。

大学生の、要は若い女の子のＳＮＳに求められるものは何なのか、ファッション、

カイカンー！
友だちとごはん
いいね♥
いいね♥
かわいー！
かわいい
じゃん♥
いいね♥
どこが
ブスなの？
かわいいー
いいね♥
私って
すごい✧
ひゅーん

芸能人、スイーツ……とにかく〝いいね！〟欲しさの自分を作り上げていった。

今日は映える朝食ができた。キャラクターの顔を模したおにぎりに、冷凍のニコちゃんマークのポテトやウインナーの載ったワンプレートを前にして、冷めてもお構いなしの私はあらゆる角度で写真を撮る。

料理だけでなく自分の姿も。どうせ加工するんだからすっぴんでいいや。

服だけは可愛いものにして、自撮りっぽくならないようスマホを立てかけタイマーをセット。お皿片手に微笑む。


配信される動画を見たり、ニュースアプリを眺めたり、毎日更新されるイラストアプリのランキングを心待ちにしたり、テレビを見つつＳＮＳで番組名のハッシュタグを探して同調したり、自分も文字で感想を言ってみたり、映画を見ながら脳内で感想をいかに１４０文字でまとめるか考えてみたりしている。

ＳＮＳの巡回もしたし、今度は動画を見てやろうか、音楽でも流そうか、ゲームをしようか。

あと1人フォロワーが増えたら、あと1つ〝いいね！〟が増えたら閉じようと見つめる画面。そう思いながら消そうと思っていたスマホの画面に再び光を灯す。

スマホは日に日に私の体の一部と化していった。まるで生まれつき手のひらから生えていたみたいに。

ある朝、目が覚めると手にはスマホが握られていた。自分が眠った後、誰かが発信するのではないかと強迫観念に襲われてスマホ片手に眠ってしまったことに気がつく。気怠《けだる》さはあるけれど、それでもスマホの握られた手を掲げて、夜中の間の追えていないタイムラインを追う。

最近の私は寝る間さえも惜しい。

眠っている間にもＳＮＳのタイムラインは流れていく。

私が眠っている間に知らないことが増えていく。〝いいね！〟をするのが遅れてしまう。私のことを悪く言われていたらどうしよう……その一心でぼんやりと親指を滑らす。

特段タイムラインは流れていなかった。友人が深夜にやっている海外ドラマの感想を発信していただけ。

すかさず〝いいね！〟をして起き上がる。

＊

授業が1限だけのある日。

もうみんな教室に揃っているのに、授業開始15分後に学生課の人が「教授がギックリ腰で休講」と告げた。

せっかく出てきたのにこのまま帰るのも癪だ、かといって適当に時間を潰すのもなんだかなあ、と19歳。勢いだけで、友達のハルさんとこのまま遊園地に行くことにした。

ジェットコースターを待っていると、ふいにこう言われた。

「みかんって本当にスマホ依存だよね」

「……へ？」

「スマホ依存、だよね」

確かに私は今、スマホを握っている。

そんでもって、さっき食べた遊園地のキャラクターを模したアイス、1つ前に乗ったメリーゴーラウンド、その前に乗った観覧車、さらにその前に乗ったコーヒーカップの写真をSNSにあげているところだけれども。

「依存？　いやいや私なんて依存じゃないでしょ。これくらいみんなやってるでしょ」

「いやあ……依存だと思うよ」

ハルさんは、まじまじと私を見て、大根役者のわざとらしい演技みたいに言う。

「ここ来てから何回SNS更新してるの？　教えてみ」

「え？　えーっと？　乗り物に乗った数と食べ物を食べた数じゃないかな」

「待って、待って。相当乗ったし、お昼食べて、チュロス食べて、アイス食べて……」

「あと入り口のところと、門でしょ……あと駅前でしょ、あと着ぐるみのキャラクターでしょ」

「いちいち載せてるの？」

「うん。いちいち」

「ほらほら。はい！　依存！　依存！」

サッカーでレッドカードを出す審判のような身ぶりをして指摘する。

いやいや待ってよ。依存、だなんて。

それはきっと彼女の物差しで計ったからそう見えるだけだ。

ハルさんは高校生の頃にいち早くスマホにしたくせに、ＳＮＳもゲームも一切やっていなくて、ＬＩＮＥすらしていないので未だに連絡はメール。

ご飯に行ったりすると、彼女も料理の写真は一応撮るけれど、それがどんなに見映えの良い１枚でも決してネットの海には放らない。

「ＳＮＳに載せないなら撮ってどうするの？」

と聞いたところ、写真を貼り、手書きでイラストや文字の書かれたスクラップブッ

クを見せてくれ、

「別に世界中の人に見てもらわなくていいし。これで家族とか、こうやって友達に会った時に直で見せて話せればいいかなあって思う」

だなんて言う。ちょっと信じられない。

それに彼女は「写真撮ろう」と言うといつも嫌がる。手や荷物で顔を隠したりして抵抗する。

「記念じゃん！」「せっかく会ったし1枚だけ」と頼み込んでやっと撮らせてもらっても、「SNSには載せないで、絶対」と主張するので、私はいつももどかしい。

だって友達と遊んでいる姿をSNSで披露したいのだ、私は。

そりゃ料理の写真だけでもいいけれど、それはやっぱりちょっと不確かだ。友達じゃなくてお母さんと来てるって思われるかもよ？　1人で料理2つオーダーしてるって思われるかもよ？

だからやっぱり見ず知らずの人が見て、ちゃんと友達と過ごしたと分かって、なおかつリアルの友達に、「あ、みかん、ハルさんといたんだ」と思ってもらえなきゃ駄目だ。

でも顔の持ち主であるハルさんがNOと言うのならば覆《くつがえ》らない。肖像権とかあるし。1回だけ内緒で載せちゃおうかと思ったこともある。ハルさんは私のSNSのアカウントを知らないし、言わなきゃバレない。

でもアップロードする寸前でやめた。

人差し指とスマホとの距離は２センチぐらいだった。あと一押しだった。

やめたのは、友情がこれで終わったら嫌だから。

それにコンビニのアルバイトがアイスのケースに入った写真をＳＮＳにアップするなど悪ふざけする〝バカッター〟のニュースが連日報じられていたのが反面教師となったのかもしれない。

「別に私、依存じゃないよ」

「そのうちスマホ握ってないと手とか震えたりして」

「だーかーら！　依存じゃあないってば」

周りを見渡せば、もっと、もっと、もーっと依存している人がいる。

バイト代のほとんどをゲームの課金に費やしたり、１日中ＳＮＳを覗いていたり、食事中もスマホ握っていたり。

でも私はそこまでじゃない。やめようと思えばいつでもやめられる自信がある。だから大丈夫、大丈夫。

ジェットコースターで思い切り叫んだあと、彼女はもうその話をしてこなかった。

私は相変わらず手癖で、行く先々、乗り物、食べたもの、キャラクターを撮っては

SNSに載せた。

そして〃いいね！〃を知らせる通知やスマホ上の「いいなぁ」「たのしそう」「羨ましい」の文字に満たされていた。

＊

「おはよう」「朝ごはん作った」「今日出すレポートまだできてない」「大学行ってくるー」「スタバでお茶してる」「ねむいなあ」「授業ヒマ」「おなかすいた」「お昼学食行くかパン買うか迷う」「大学出た！」「バイト！」「バイト終わった」「電車混んでる」「ただいまー」「お風呂入るか」「金曜ロードショー見てる」「おやすみ」。

発信しないと、〃いいね！〃もフォロワーも減りそうで怖い。強迫観念。だから息をするようにSNSに言葉を吐く。

ここにいる、これを買った、これを食べた、には写真も添えて。

1人でいても1人じゃない気がして安心する。言わばスマホは精神安定ツールかもね。

はじめの頃は、やっとみんなと同じになれたことや、友達と繋がれることに安心したけれど、フォロワーが3桁後半にいった頃から、これはもはや戦いなのではないかと思っている。

　新しいフォロワーを増やすのにはいつだって必死だった。ハッシュタグをさかのぼってアカウントをチェックしに行ってみたり、フォローしてくれそうなアカウントに〝いいね！〟を送ってみたり。

　自分が先にフォローするよりも向こうからフォローしてくれたほうが優越感があるから、いかに相手に自分をフォローさせるか伺っていた。フォロワーを買うことができるという噂を聞いて、買おうか迷っていた時期もある。

　私は戦っているのだろう。相手は何か？　多分自分を嫌いだって気持ちとか、承認欲求だとか、そういうもの。

　楽しいとか、ゆとりのある心で、〝いいね！〟を気にせずSNSをやっている人なんて、そんなの天然記念物だ。

　スマホなしで過ごしていたことが、なんか、もう思い出せない。スマホを握って生まれてきたんじゃなかったっけ？　私……というか人類。私にとってスマホは命だ、心臓だ。

　充電器を忘れた日に出先でスマホの電源が切れたり、ましてやスマホが壊れたりしたら、もう地獄だ。頭の中で〝死〟という文字がチカチカとネオン街の看板みたいに光る、瞬く、輝く。

ある日のこと。スタバの新作フラペチーノが出て、そりゃあもう「撮る」しかないだろう！　と息急《せ》き切って注文し、いざ窓際の席に座り、スマホを取り出したというのに、液晶画面に光が灯らない。

「えっ！　えっ、ええっ？　壊れた⁉」

私は隣の人がギョッとするほど狼狽《うろた》えて、たぶん5秒ぐらい心臓が止まった。

大袈裟じゃない。本当に止まって、あの世で閻魔大王に、「こんなところにいたらSNSに載せらんないじゃない！　死んでる場合じゃないのっ！」とヤツ当たりして帰ってきた。

写真を撮らないとか、SNSに載せないという選択は、はなからない。

私は軽い脳みそを捻って、とりあえずスマホをしまった。

そして大学のサークルで使う用に持ち歩いているデジカメを出し、それでパシャパシャと被写体《フラペチーノ》を撮った。

でも撮っただけでは、この不安感……心臓をぎゅっと摑まれ、悪魔のザラつく舌で舐め回されているような不快感は消えない。冷や汗も引かないし、息苦しさもなくならない。苦しい。

フラペチーノを一気飲みし、唇にクリームをつけたままネットカフェへ走った。

パソコンの前に座るとデジカメのSDカードを入れ、フォロワー数が多い順にSNSにログイン、「新しいフラペチーノ飲んだ♥」と写真を添えて発信。

幾つものアカウントを更新し終えるとようやく不安感は消え、冷や汗も、息苦しさも引いた。

それと同時に、「あれ？　フラペチーノ美味しかったっけ？　そもそも何味だったっけ？」と疑問が湧く。考えても思い出せない。

ぼおっと眺めるパソコンのディスプレイに、「おいしそう！　いいなあ」というコメントが表示される。じゃあ美味しかったんだろう。

満足&幸福感で私はネットカフェを出て、スマホを直してもらうべく携帯ショップへ。


SNSをやめたら寂しさで死んでしまう、承認欲求を持て余して脳が爆発しそう。

本当の、現実の、本名の、誰からも羨んでもらえない、つまらない私はいらない。

SNS上の、人から羨んでもらえる私だけが〝私〟であってほしい。

彼氏とのデートの様子を載せるとたくさん〝いいね！〟が来る。SNSにもよるけれど、幸せを切り売りしているほうが人にずっと羨まれる、〝いいね！〟をもらえる。

仲睦まじい芸能人夫婦やカップルには1000も10000もの〝いいね！〟が来る。

私に足りないのはそこなのだ。

そこに気がついてからは、彼氏とデートしている風の自撮りさえも上げていた。今までもひとりでカフェに行っているのに2人分を頼んで、正面の座席に誰かがいる風に写真を撮っては、「友達とお茶♥」なんて具合に上げていた。

だから彼氏とのデートを装ってセルフタイマーを絶妙な角度に1ミリ単位で調整して、誰かと過ごす幸せな自分を演じた。

嘘まみれ。そんなもの。

SNSなんて自分が支配人、脚本家、演出家、主演、助演、照明、小道具、衣装の自作自演の劇場だもの。

自分の悪いところをいかに隠して、いいところにだけ当たるスポットライトを調整して、〝いいね！〟を貪《むさぼ》るところだもの。

〝いいね！〟のためなら、自分の存在証明のためなら、何をしたってかまわない。

SNSに上げたいがために友人役や恋人役を派遣するサービスを本気で依頼するか迷ったこともある。

もっと、もっと新しいフォロワーを増やせないものだろうか。スイーツでもいいし、かわいい動物でもいいし、別人と化した自撮りでもいい。けれど、そんなのみんなやってて目新しくない。手っ取り早くフォローもいいねも増えるもの……とにかく何かないだろうか。

そう模索していた私の姿は、流行りの洋服店にあった。

あれこれ洋服を着て、その写真を載せてみてはどうだろうかと思ったのだ、それも新作ばかり。

着せ替え人形気分でカゴいっぱいに服を入れて、試着室に入って着替えてはポーズを決めてぱしゃり、脱いではまた着てぱしゃり。それを繰り返して、何も買わずに店を出た。

スタバで新作を飲みつつＳＮＳの更新に励む。お店のブランドのタグをつけて、自分の顔を加工したりハートのスタンプをつけたりして載せる。

数分たらずのうちに通知が来た。知らないアカウントからだ。

きっと「素敵ですね」とか「羨ましいな」だろうと思ったが……違った。

「会計前のものを着た写真を上げるなんて、万引きと同じだろ。〝いいね！〟乞食《こじき》のクソ女」

そう、これは違反だったのだ。マナー違反。だって購入していない洋服を、さも自分の服であるかのように得意顔で撮ってＳＮＳに載せるなんて。非常識だ。冷静になれば分かる。

けれども私は苛ついた。

「はあ？」

せっかく電車を乗り継いでおしゃれな洋服店に行ってまで撮ってきた写真を、投稿を、消すのがもったいなくて、コメントを送ってきたそのアカウントをすぐさまブロックした。

これで変なアカウントからのコメントは来なくなるだろうと思ったが、すぐにまた通知が来る。

今度はフォロワーからの、「ちょっとみかんさん、それダメですよ」という注意だった。

今考えれば、なぜそんなコメントが来たのか当然分かる。間違っているのは私だ。でも当時の私は、「なんなのよ」と半《なか》ば逆ギレしていた。それほどまでに、〝いいね！〟が欲しくて欲しくてたまらなかったのだ。

「せっかく〝いいね！〟が、フォロワーが増えそうな投稿ができたのに、邪魔しないでよ……！」

私はスマホ片手に、次々来る批判的な言葉に立ち向かっていた。

そう、私のSNSはプチ炎上していた。

芸能人と違ってごうごうと燃え盛るわけではないけれど、炎上好きな人らが寄ってたかってマナー違反の馬鹿女のアカウントに、灯油を、火炎瓶を、ぶち込んでくる。

私はそれをご丁寧にひとつひとつ打ち返して反撃したり、消火器片手に駆け回った。火が収まる、つまりもう燃えカスしかないくらい燃えて、野次馬もいなくなるまでに、2日はかかった。

＊

ポケモンGOが社会現象になった2016年。

スマホを使い始めて2年が経ち、機種変更し、2台目のスマホを使っていた。動画が見やすい大きめな画面で、手に収まりやすいサイズ。スマホケースは友達とお揃いのハローキティ。

さて、ここのところまたスマホの存在が大きくなった。

2015年度にスマホの世帯普及率は67・4パーセントで、ガラケーを上回ったらしい。確かに電車の中、道端、カフェ、あらゆる場所で、あらゆる人の手にスマホがあり、ガラケーは絶滅危惧種と化しつつある。

その証拠に、随所で〝スマホを持っていることが大前提〟なワードを聞く。

例えば、いろんな企業がリリースするスマートフォンアプリ。ファミレスやコンビニで会計時に聞かれる「アプリお持ちですか？」。もちろん私は、求められれば即座にアプリをインストールし、ポイントや割引クーポンの恩恵にあずかっていた。

それから、就活！　いざ大学4年生だ。

コスプレ感否めないリクルートスーツを身にまとい、向かった大学内のセミナーでまず真っ先にしたのは、就活用の求人アプリのインストール&登録だった。

それをすれば指先1つで何千、何万もの会社の情報が見られる。現役の社員が会社紹介をしている写真や動画、就活生同士の交流ページ、説明会の予約もできる。アプリ上で履歴書の作成や選考への応募もできるし、アプリ内でのQRコードが合同説明会の入場券にもなる。

まだガラケーの人はいちいちパソコンを開かなきゃいけないし、QRコードもプリントアウトして合同説明会に持参しなきゃいけなくて不便そう。

スマホは本当に便利だ。就活が加わったことで、ますます手放せないアイテムになった。

朝起きたら、顔を洗うより先にスマホを開く。

いくつもやっているSNSでタイムラインをチェックして、寝ている間にあった投稿にはすかさず〝いいね！〟。ご飯を食べている時は動画、電車の中ではニュースを見て、合間にお店の割引クーポンを探したり、お得な情報を探したり。SNSの通知に気づけば、瞬時に開いてチェックした。

もちろん移動中も例外ではない。エレベーターに乗っていても、エスカレーターに乗っていても、歩いている時ですら、私の手の中には一日中スマホが握られていた。

新しく、写真を投稿するSNSアプリにも手を出し、相変わらずゲームにも熱中していて、それに加えて就活のアプリも見なきゃいけなくて、私の手とスマホは一体化しているようだった。

そんなある日。

目が覚めると首と肩が痛くて重い。

なんというか、こう……鉄製の刺々《とげとげ》の付いた首輪をぎゅっと巻かれて、少し動くだけで刺が首の付け根に容赦なく食い込むような痛さ。

体を起こそうとしたり、一歩歩くだけの小さな衝撃でも、その首輪を思い切り絞められるような感じがする。

「なんだ……これは」

そして体がダルイ、重たい。服のままプールに飛び込んで、再びプールサイドに上がってきたみたい。

さらに肩！　両肩に3歳ぐらいの子供が乗ってるんじゃないかという痛み。

ああ、目もかすむし、気持ち悪い。

原因不明。もしやどっかで体を泥にされる呪いでもかけられた？

回復の呪文が分からない私は、大学に行く前に、ヨロヨロと整骨院に行くことにした。

整体師さんは開口一番。

「スマホいっぱいやるでしょー。忍足さん」

「え。あー……いやあ。なんで分かるんですか？」

「姿勢が悪いし、それに……」

ラガーマン風の整体師さんは横からまじまじと私を見た。

「典型的なスマホ首だよ」

「ス、スマホ首？」

「そう。首ってね、本当は彎曲《わんきょく》……つまりね、少し曲がってないといけないんだ。でもスマホ首……ストレートネックはその名の通り、首がまっすぐになってしまうんだ」

「はあ」

よく捻くれてると注意される私だけれど、首はまっすぐなのか。それなら心のほうをまっすぐにしてほしかった。

整体師さんの口ぶり的に、首がまっすぐなのは良いことではなさそう。

「成人の頭の重さって5キロぐらいあるんだよ。でもスマホ首だと首にかかる負担が20キロにも30キロにもなるし、悪化すると頸椎《けいつい》症や脊髄《せきずい》症になって、手術が必要になることもある」

　えっ……えーっ⁉

　いや、だってスマホ見る時ってだいたい前屈みでしょ？　小学1年生が教科書読む時みたいに背筋と手ピーンでスマホ見てる人なんている⁉　いないよ！

　外で見渡すとみんながみんな、背中丸めてスマホいじってるし、この前電車で見掛けたJKなんてスマホ握った手をヘソの辺りにキープして、首90度だったけど！　あの子将来どうなっちゃうの⁉

　ていうか、〝スマホ首〟って単語知られてる⁉　私は今初めて聞いたけど……！

「まあ、大丈夫ですよ。ちゃんと意識してケアすれば」

　頭の中でいろいろな思いが弾けすぎてフリーズしていた私を心配してくれたのか、整体師はニヘッと不器用に笑い、寝台に横になるように促して、マッサージスタート。

　保険内の時間が終わる頃には、泥のようだった私の体は土偶ぐらいに持ち直した。

　まだ土製品だけれど、人の形は保てるようになったのだから上々だ。あと何回か通えば人間に戻れる日が来るだろう。

「じゃあ電気をかけますので、椅子のほうへ」

椅子に座り吸盤のようなものを装着すると、少しずつそこが震動する。

これが電気かぁ。もっとビリビリバリバリ来ると思ったけど案外平気だなぁ。

一呼吸置いて、足元の鞄に手を伸ばす。

スマホ！　スマホに触りたかった。

数十分ぶりに手に取って、カメラを起動して置いてある骨格標本をパシャリ。

「整骨院に来てる！」の一言と共にハッシュタグを並べる。

「#体のメンテ」「#マッサージ最高」「#20代にして肩こりとか」「#スッキリしたよ」

さっそく発信。

原宿の日本初上陸のスイーツ店やきらめくイルミネーションよりは映えないけど、でも整骨院に行ってるって、自分の体を労《いたわ》っていてイイ女っぽくない⁉　アロマとかエステとかオーガニックに匹敵しない⁉　という私の思惑通りなのか、ＳＮＳ上ではすぐに反応が来る。

〝いいね！〟

現実の友達からも、ネット上の友達からも、

「大丈夫～？　私もバイトで立ちっぱで足痛いよー」

「なんで骨格標本？　ウケる！」

なんてコメントが来る。

パシャ
パシャ
刃心足さんどうぞー
#体のメンテ
#20代で肩コリ(笑)
パシャ
いいね♡
骨格標本とかマジうける―!

嬉しい。幸せ。うれしい。しあわせ。

スマホを使ってたらスマホ首とやらになるかもしれないけれど、やめられるわけがない。私の心臓だもん。

とりあえずこうしてメンテしていりゃ大丈夫だろう。

整骨院は1回500円ぐらい。ちょっとスタバを我慢すりゃ行ける。

*

大学とバイトの合間を縫って週2で整骨院に真面目に通った。でも首と肩の重ダルさは消えない。

整体師さんに勧められて、ハリや灸《きゅう》、矯正なんかもした。けれども回復するどころか目はかすむし、常に気持ち悪いし、ちょっとこめかみの辺りもじんじんするし、首肩以外にもどんどんオプションが追加されていく。

極め付けは、苛立ちだ。

昼ドラに出てくるヒステリック女の如く、最近の私は連日イライラしている。レースの付いたハンカチを噛んで、今にも「キィーッ!」と叫び出しそうな勢い。

例えばスマホの画面上で上手く指が滑らず、打ち間違いをした時。

例えばせっかく3時間並んで撮ったパンケーキの写真なのに〝いいね！〟が1ケタしか来なかった時。

例えば他人のSNSを覗いたら、つまらない内容のくせにたくさん〝いいね！〟がついているのを見つけた時。

例えばゲームのハイスコアがどうがんばっても出ない時。

例えば速度制限やWiFi環境が悪くて見ていた動画が止まった時。

例えば既読がついているのに返事が来ない時。

例えば大学内でスマホ片手に歩いていて教授に「ながらスマホ危ないよ」と注意された時。etc.……そんな些細なことで、私はもれなく動物になる。

動物といってもウサちゃんや、ハムちゃん、ニャンコ、ワンちゃんのような愛玩動物ではなく、ケモノ……そうだ、けだものだ。

ただただ込み上げてくる苛立ちで牙が痒《かゆ》い、爪が疼《うず》く。誰かれ構わず飛びついて、震える被食者の体に爪を立てて喉元に喰らいつきたくなる。

主人公が虎に変えられてしまった姿で友達に再会する話が高校の教科書に載っていたけれど、獣と化した私は人語すら忘れちまっている。スマホを握り締めた獣なのだ。もし苛立ちで人を殺せるなら、殺してしまってもおかしくない。

誰を？　って私自身をだ。

イライラする。血管すらぶち切れそうだ。

でも私はその苛立ちの元であるスマホを見ている。

初めてスマホを見た時の「眩しい」というファーストインパクトも忘れ、もはやキスできそうな距離で画面を見つめている。

頭の中に蔓延《はびこ》る巨大なこんがらがった針金みたいなモヤモヤを解《ほぐ》してイライラを和《やわ》らげてくれるのは、たった1個の〝いいね！〟でいい。誰かからのコメント、あるいはフォローでもいい。

1点でもいいからハイスコアを出して、「オメデトウ」ときらめく画面が見たい。けれどそれが叶うと、もう1つ、もう1点ときりがない。

なんでもできるスマートフォンなのに、なんにも私に与えてくれない、満たしてくれない。

気がつくと時間だけが経っていて、何時間かぶりに顔を上げると視界がボヤけていて、首がピキリと悲鳴を上げて、目眩《めまい》で揺れる世界と響く頭痛。

フォロワーも〝いいね！〟も増えていない。スマホの画面上でも何も進んでいなくて、現実の私の健康が損なわれただけ。

馬鹿みたいって思うことも、虚しいって嘆くこともある。スマホを投げ飛ばしたくなる衝動は波のように1日に何度も訪れる。

でも私はスマホをしっかり握って見つめている。

だって今は上手くいかなくても、もしかしたら次は上手くいくかもしれない。

次の投稿ではもっと〝いいね！〟が来るかも……次のガチャは欲しいキャラが引けるかも……次はハイスコアが出せるかも……次は次は……。

「次は当たるんじゃないかと思う。いつも自分が座っている台なのに、自分がたまま行けなかった時に誰かが当てたら悔しいから毎日パチンコに行く。負けても次は当たると思う」

ギャンブル依存の芸能人が語っていた、いつかの朝のワイドショーを思い出す。

——みかんって本当にスマホ依存だよね。

ハルさんの言葉がフラッシュバックする。

いやいや依存じゃないってば。

だってみんながみんな、私と同じようにスマホの画面を見ている。

百歩譲って私が依存だとしたら世界中が依存だし、依存であることが多数派だ。少数派より多数派のほうが圧倒的に生きやすい。「変だ！」と後ろ指を指されたりしないんだから。多数派にしがみついていればいい。

今、自分がスマホに対して抱いているマイナスな感情は、言葉にしてはいけない気がする。口にしたら、それが魔法を解く呪文になってしまう。時代不適合者、現代人失格になってしまう。

だから感情を飲み込み、スマホをエンジョイしていると思い込ませるべく、新しいSNSのアプリや話題のゲームをインストールして、動画サイトのチャンネル登録も増やした。

でも、駄目だ。

痺れる首と重い眉間を押さえつつ、また心が言ってはいけない言葉を叫びたがっている。


どうしよう……どうやって心を黙らせよう……指を滑らせ、良さげなアプリを探しつつ乗り込む電車。

ドアにもたれて、やみくもに評価の高いアプリをインストールしていると、ガタンと揺れた。その衝撃で久しぶりに顔を上げると、7人掛けの座席が目に入った。

老いも若きもスマホを見つめている……と思いきや、中央で凛とした顔立ちのＪＫがひとり、ガラケーを使っていた。

彼女は白雪姫のドレスをモチーフにしたストラップの付いた淡い桃色のガラケーを見つめ、ポチポチと親指でボタンを押している。

用が済んだのか、すぐにパタンと閉じて鞄にしまい、血眼で画面を見つめせわしなく指を滑らす両サイドの大人になど目もくれず、ゆったり正面の窓の外を眺めていた。その姿は優雅というか、時間の流れがそこだけ違った。余裕がある、自分の時間を生きている。

でも、一番スマホでコミュニケーションをとる年代だろうにガラケーで大丈夫なのかな。いじめられたり、ハブられたりしないのかなあ……。ＳＮＳをきっかけにいじめが起きて、自死に到ってしまうというニュースも目にする。

私がＪＫでガラケー全盛の時よりも、ＬＩＮＥに、Ｔｗｉｔｔｅｒ、Ｉｎｓｔａｇｒａｍなどいろいろある今はもっと熾烈《しれつ》だろうに大丈夫だろうか……と彼女の身を案じつつ、心の奥底ではいじめられて泣いているところや、顔も知らない彼女の同級生がＬＩＮＥで悪口を打つところを想像していた。

私はサディストでも、サイコパスでもない。見ず知らずの人を傷つけてやろうなんて思わない、思うわけない。でも、めらめらと私の心は燃えさかっていた。

何を燃料に燃えているのか、分かっていた。

ねたましいのだ。現代のＪＫだというのにガラケーを、フツウじゃないものを人の目も気にせず使うなんて、ずるい、羨ましい。

スマホのほうがガラケーより上だと思いたい。そう強く思えば思うだけ、現代人失格的な思考を封じられる。

彼女は私が降りる1つ前の駅で降りた。

空いた席には眼鏡で小太りのおじさんが座り、すぐにスマホを見つめ、せっせと指先を動かす。


私は不完全燃焼なブスブスと燻《くすぶ》った空気をまとい、不細工な顔をさらにブスにして家に帰った。

途中、マンションの管理人さんに、「どうしたの？　お腹でも痛いの？　すごい顔だよ」と案じられつつ。

苛立ちを足の裏から発散するようにドカズカ歩き、何か見えない敵を張り倒すように扉を開け、リビングに入る。

父がガラケー片手にソファに座り、開口一番。

「みかんー、アプリってケータイに入れられないのかなあ」

「……え？」

なんてタイミング。私は今〝ガラケー〟の存在でイライラしているのに。

ぶっきらぼうな冷たい言い方で、

「無理だよ、無理に決まってるじゃん。ガラケーじゃ」

と言い捨てた。

忍足家はアナログ派な血筋なもので、父も母も親戚も未だガラケーだし、それを少数派だと引け目に感じたりしていない。最近はみんなスマホだよなあ、まあ自分には関係ないけど、といったスタンス。

もし、「ガラケーは使っている人が少ないから明日からもう使えなくしまーす」と言われたら、「やめて」と頭を地面にこすりつけても、「私達は存在する」とデモ行進をしても、少数派の存在は透明人間と同じになっちゃう。そんな状況なのに、父はなんか……焦っていない。私1人だけぷりぷりと苛立っている。

「そうかー……。定食屋さんのメルマガがこれで終わりでさ。あとはアプリでって書いてあるんだけど……。そうかあ、ガラケーでできないなら仕方ないなあ」

「父さん、スマホにしなよ」

「んー、いや、いいよ」

「なんで？　恥ずかしくないの？」

「どうして恥ずかしいんだい？」

「だって……」

「仕事で目を使うからプライベートでは目を使いたくないんだよ。知ってるか、みかん？　父さん、残業終わって家にメールする時はケータイの画面を見ずに打ってるんだぞ。これはボタンがないとできないぞ」

なんてのんきなの。そんなこと誇らしげに言われたって、どうせオワコン仕様。なんにも誇らしくなんてない。

私は思わず声を荒らげた。

「いつまでもガラケーじゃ時代に置いてかれちゃうよ。世の中はついていけない人に容赦ないんだから。ガラケーじゃ会社の人に笑われるよ、もう絶滅するのも時間の問題なんだからねっ！」

父は目をパチクリさせている。たかが通信機器のことで、どうして娘がここまで熱くなっているのか分からないようだった。

私は早口で、ガラケーのことをなじった。けれどなじった後に、みぞおちをぶん殴られたように「うっ」と後悔が襲う。

不完全燃焼のもやもやがまた少し大きくなる。もやもや。

「何を騒いでいるの？　ケンカ？」

台所からフライ返し片手に来た母に事の顚末《てんまつ》を話すと、

「やぁだ！　絶滅だなんて！　大丈夫よぉ。スマホ使えない人も、ケータイがいい人も、いっぱいいるんだから」

能天気に笑い飛ばされて、ますます私を苛つかせた。

「のんきすぎるよ。ていうか、また首からケータイ下げてる！」

母の首には100円ショップで買ったキャラクター物のストラップでケータイがぶら下がっている。

「それ、やめてって言ってるじゃん！」

「だってメールとか電話が来た時にすぐ分かるから」

「だめーっ！　もしひもが切れて落っこちちゃったり、お皿洗ってる時に水がかかって壊れちゃったら、どうするの！」

母は渋々ストラップを取り、ケータイをプラスチック製の入れ物に置いた。その入れ物は、よくケータイをなくしたり、ソファの間に落とす母に、私がプレゼントしたものだ。

ここのところ私は、ケータイを大切に扱ってくれない両親に対して、一言目には「もっと大事に扱ってよ」と、二言目には「壊れて困るのは自分なんだからね」と、脅しめいたことで釘を刺していた。

特に、母のほうは超がつく機械音痴だ。もしもケータイが絶滅させられたら、困るのは目に見えている。

ＬＩＮＥのできない母は、未だに、ガラケーの写メールで地元の友人らと交遊を続けている。

それにフリマアプリの時代に、未だに分厚いカタログの送られてくるファッション通販を利用しているし、ネットショッピングがあるのに、毎月買っている美容液やお友達にプレゼントするちょっとしたお菓子、お気に入りの飲料水を、メーカーや百貨店に電話で注文している。

指先1つ、ウェブ検索で知りたい電話番号が分かるというのに、母は「このお店の電話番号が知りたい」と思うと、まず〝104〟に電話する。今時、知らない人もいるのではないだろうか。救急車を呼ぶのでも警察を呼ぶのでもない。この104にかけると、電話帳に記載されている番号なら教えてもらえるのだ。なんともアナログ。

スマホを使いこなせるとは、とうてい思えない。

ガラケーですらメールと電話がやっとの母のことだ。もしガラケーが絶滅させられたら、生活の彩りも友人との繋がりも絶えて、奈落の底にとんっと落とされた状態になる。それなのにちょっと危機感が足りない。

でも、だからといってガラケーを大事にするあまり全く使わないのも違うし、スマホ教室に試しに行ってみろというのもまた違う気がする。

「とにかく！　いつガラケーがなくなっちゃうか分からないんだから。ガラケーが壊れても2人はスマホが使えないんだし、もっとしっかりしてよ！」

私は癇癪《かんしゃく》でも起こしたみたいに叫んで、リビングを飛び出した。

両親の頭に浮かぶ「?」を見逃さなかった。でも、私の心の中も「?」でいっぱいなのだ。このもやつきは何？　どうしてたかがスマホだとかガラケーなんかのことでこんなに心をかき乱されなくちゃいけないの。

自分の部屋に戻るや否や、私はベッドにダイブして手足をバタバタ、うきゃーとのたうち回った。

体力が消耗した頃、脳がやっと冷静になり、封じていた言葉を口に出したくて仕方がなくなる。さながら童話の『王様の耳はロバの耳』だ。

言いたい、でも言ってはいけない、けれど言わないと心が晴れない、しかし……。

うーん……枕に口を押し付けて、思いっ切り。

「スマホ疲れた!!

いいね？　なにがいいいねだーっ!!

全然よくないよっ!!

もうっ、ガラケーが恋しい!!!」

ボスッと枕に顔を埋める。

羨ましい!!　私はガラケーが羨ましくてたまらないのだ。そしてガラケーを使っている人に嫉妬している。

苛立ちをエネルギーに、ベッドに思い切り叩きつけた右手から、ジャラリという音がする。手には何も付いていないはずなのに、確かにスプリングで弾ませ、拳を落とすと、ジャラリと鳴る。

鎖、が付いている。……それは間違いなく鎖で繋がれている音。

束縛の音、隷属《れいぞく》の音。

雲のように囚われず生きたい私が、何に囚われているというの。

その震源地、私の自由を鎖で奪う支配者が、存在を主張するみたいに鞄の中で鳴る。

スマホの通知音。

私はいつものように飛びつかず、ベッドの上で大の字を作り、瞼《まぶた》を閉じてみる。

背徳心が、血が滲《にじ》むみたいにじんわりと生温かく胸の内に広がる。

鎖はスマホから伸びている。

私はまるでスマホの奴隷だ。

いや、私も、かもしれない。誰もかもみんなドレイだ。

あれだけ心臓だと思っていたスマホなのに、今は便利な文明の利器ではなく、私を隷属させる中毒性のあるご主人様のように思えた。

私はスマホの持ち主じゃない。スマホが私の主。スマホを私が使ってるんじゃなく、私がスマホに使われている。

現代人合格の魔法が解けつつある私の耳に、リビングのテレビからＲＡＤＷＩＭＰＳの『前前前世』が響いてくる。

けれども自分がスマホの奴隷だと気づいたところで、やめられる……わけがない。

こんなことなら気づかず、のんきに依存しておけばよかったのかもしれない。

気づいてしまったせいで、口に出してしまったせいで、現代人の多数派と少数派の間でじりじりと私の身が焼かれる。

第3章　22歳・スマホゾンビに、弾丸を。

ある初夏の日の午後。

友達の家からの帰り道、住宅地を歩いていると、ひょいとアパートの陰から派手な格好のおじいさんが出てきた。

70代に見えるけど、アロハシャツ、短パン、若いもんにはまだ負けないと言わんばかりのいでたち。そして手にはスマホが握られている。

私と目が合うなり、

「ちょっとそこのお姉さん！　電話ってどうやって出るか分かる⁉」

とぐんぐん近づいてきた。

ピロピロリン。軽妙な着信音と共に向けられた画面には、制服姿の少女の写真と「まい」の文字。お孫さんだろうか。

「あ、ＬＩＮＥ電話なのでここ押して……」

「……ＬＩＮＥって何⁉」

「えっ、ええー！　あの、電話とか、メールみたいに文字が送れるやつで……」

「あ、電話切れた。いやあ、これ難しいよ。俺さ、前のパカパカするのもよく分かってなかったもんな。でも今これくらい使えねえとさ、若い奴に笑われちまうからな」

「そんなことないと思いますけど……」

「いやいや時代はデジタルだろう。遅れてたまるか。で、電話かけ直すのはどーすんの？」

太陽のもと、私は知らないおじいさんにLINE電話のかけ方をレクチャーした。

スマホ教室にも通っていると自慢げに言うおじいさんからは、時代にしがみつこうという必死さが見えた。

かくいう私はというと、しがみついていた手を離したがっている。

私はスマホに疲れている。支配され、使われて、なんなら少し嫌いにすらなっている。

現代人失格な本心。でも自覚したからといってどうすることもできない。

街を歩けばスマホを持つ人で溢れ、ガラケー向けのサービスは終了していく。

小学校でプログラミングが必修化されることが決まり、母校の中高に遊びに行けば1人1台タブレットを持つＩＣＴ教育の波はひしひしと感じるし、ｅスポーツなんかも話題。

テレビを見ているとCMはゲームアプリ、フリマアプリ、SNSアプリの宣伝ばかり。携帯会社のCMもスマホの良いところだけをグイグイ推してくる。自分がいかに現代人失格かが明るみになる。

疲労の原因《スマホ》を断つってことは、現代を生きる上での人権を剥奪《はくだつ》され、市民権を放棄することだ。

だから私は今日も、人混みだろうと、他人の進行を妨害しようと、自撮り棒を伸ばして笑う。いつでもどこでも指先を動かす。

誰かにぶつかる、「全く……よけてよ」と思う。「危ねえだろ、ブース」なんて言ってくる人もいる。現実の私の口は動かないけれど、心の中では「うっさい、死ね」と吐いている。

進んでいる、獣化。

獣になるか、人権・市民権を捨てるか。デッド・オア・アライブ。果たしてどちらが死で、どちらが生か。

テレビで、ながらスマホの車に家族を殺された人の特集が組まれている。

「どうして」

「危険だって分かるだろう」

「スマホなんかに……」

可哀想とは思うけれど、馬鹿な私は外に出るとスマホを見つめて歩いている。海外では歩きながらスマホをする人を、その見た目から〝スマホゾンビ〟と言うそうだ。まさしく私も。

友達とご飯を食べに行った帰り道。駄目、危ないという気持ちより、早くＳＮＳに載せたい気持ちが勝ってしまい、スマホ片手に夜道を行く。

歩きながらハッシュタグを付け、写真を選び加工し、文字を打つ。よし、これは〝いいね！〟たくさん狙えそう……と思っていると、キキーッという摩擦音。顔を上げれば、ここは十字路。

右には30代ぐらいの女性が運転する軽自動車、前には学ラン君が乗った自転車、そして私。３人の共通点は、手にスマホを持ってること。

嘘みたい、ＡＣジャパンかなんかの啓発ＣＭのワンシーンみたい。でも本当のことである。

手に握られたスマホの光に照らされ、軽自動車を運転している女性の顔が不気味に光る。女性は私と学ラン君を一瞥すると、バツの悪そうな顔をしてそのまま直進していった。

学ラン君は、「やっべ。ウケる。死にかけたー」と変声期特有の声を残して、再び画面に視線を落として器用に走っていく。

残された私はスマホをしまい、ゆっくりと3歩進む。

もし3歩先で車と自転車に気づいていたら、死んでいた。

やばい。死んでいたのだ。忍足みかん、享年22歳。

別に命と引き替えにスマホを使いたいわけじゃない。誰かが死ぬほどの事故になってまでスマホを使いたいわけじゃない。首と肩を壊してまでスマホを使いたいわけじゃない。

「もしかしたら死んでたかも」

家に帰ってから後追いで恐怖の波が来て、その日は20時にスマホの電源を切った。

スマホに殺されるなんて馬鹿らしい。それは、肉体《からだ》も精神《こころ》も。

ちょっと前まで、ながらスマホで歩く自分に、今風だ、格好いい、と酔ってすらいたけれど、酔いもさめた。危ないし、みっともない。

スマホをやめたいと思う、でもやめられない。楽しい。〝いいね！〟が快感。みんながやっているのに仲間はずれになりたくない。そんな理由がぐるぐると頭の中を回り、スマホゾンビをしとめてくれる弾丸は、ない。

自分がどんどん嫌いになっていく。

スマホを握るたび、見つめるたび、私の心に1000キロぐらいの負荷が掛かる。

キキーッ!
ヒッ
死ぬ!!

苛ついて、息すらしづらくなって、なぜか涙が出そうになる。

私は、勇気を出して友達の反応を確かめてみることにした。

「あのさ、みんなスマホ使ってて疲れない？　ＳＮＳ追っかけるのとかさ。スマホってしんどくない？」

友人たちはみんなポカンとした顔で私を見ていた。

「なにそれ！　みかんってばおかしいよー。こんな便利なのに。変なこと言ってると時代に置いてかれちゃうよ」

「たかがスマホで何をそんなに悩んでるの？　そんなことより、もっと考えるべきことがあるでしょう。将来とか」

私と多数派との間に生じるズレを人に話しても理解されないことは辛かった。障がい、肌の色、目の色、ＬＧＢＴ、多様性の理解が少しずつ進む中で、〝スマホ依存恐怖症〟はまだ異端だ。

私がおかしいのか、変なのか、間違っているのか。

みんながみんな、疑問なんて感じず、疲労を知らず、平気な顔でスマホと共存している。

スマホに疲れて、嫌気すら込み上げてきて、廃刀令ならぬ廃スマホ令作ってくれないかなあとか、ドラえもんのもしもボックスでスマホを世界から消してくれないかなあとか妄想している私は、どうあがいても変わり者である。

変人にはなりたくないので、私は怪訝そうな顔の友達を前に、

「やっ、やだなあ！　もうっ！　冗談だよ！　ところで写真撮っていい？　インスタに載せたくってさ」

とわざとらしく笑った。

「お、いいね！　盛れるアプリで撮ってよー！」

友達は、待ってましたとピースサインを作る。

カメラモードのスマホをこちらに向け、引きつった笑顔を作る私。

最近の写真に写る私は、いつだって酷い顔をしている。

＊

そんなある時、私の心に変化をもたらす一大事件が起きた。

発端は、スマホの故障だった。

「修理のほうは１週間ほどで終わると思います」

「分かりました」

スマホを修理に出すかどうか、そりゃフツウは修理をするんだろうけれども、正直言って、このまま壊れていてくれてもいいのにという気持ちだった。瀕死ならばいっそのこととどめをさしてやろうかとすら思った。

携帯ショップのカウンターで小柄な男性店員はてきぱきと対応してくれた。

彼がバックヤードに立ったので、私はぼんやりと辺りを見回して、小学生の頃初めてガラケーを買ってもらったことを思い出していた。

かつて、銀色の鯖《さば》みたいにぴかぴかした最新のガラケーが鎮座《ちんざ》していた場所には、今はｉＰｈｏｎｅの玉座がある。

あれから10数年しか経っていないというのに、お店の中は様変わりしていて、変わっていないのはトイレの位置と、お子様コーナーくらいだった。

盛者必衰……古典の授業で習った言葉を反芻《はんすう》する。どんなに栄えるものも、その栄華は永遠には続かないのだ。

「すみません、お客様」

戻ってきた店員は申し訳なさそうな顔つきで恐る恐る近づいてくる。私、何かしただろうか？　もしかしてガラケーに思いを馳せてたのがバレた？

「修理期間中は代替機をお貸しするのですが……」

「はあ」

「今スマートフォンの代替機が全て出払っておりまして……」
スマートフォンの代替機がない？　他に通信機器ってあったっけ？
つい先刻思い出していた記憶の中の機種《ガラケー》がすぐに思い浮かばず、なぜか頭の中には
サザエさんに出てくるような黒電話が浮かんでいたので、店員が「こちらなんですが」
と申し訳なさそうにガラケーを出してきた時、なんだか死んだ家族に再会でもしたか
のような気分になった。まるで黄泉《よみ》がえり？
くいっと手の腹に載せて「お久しぶりです」と言いたくなる、さながら落語の『芝
浜』みたいになぜかとても愛おしいような気持ちになった。
「ガラケー……」
「ガラケーしか今ご用意がなくて……。他店に取りに行けばスマホの代替機もあると
思うのですが、ちょっとお時間をいただくことに……」
「あ、いえ、これでいいです。全然。むしろこれがいいです」
「え、ではこちらで代替機の手続きをしてもよろしいでしょうか」
「はい、お願いします」
そういうわけで、期せずして、久しぶりに私はガラケーを手にすることになった。
それはお年寄り向けの文字もボタンも大きいタイプ。２つ折りの下あたりには、私
の知っているケータイにはなかったボタンがあって、ワンタッチで登録している番号

へ電話ができるという。いちいちアドレス帳を開いたり、番号を入力したりという煩《わずら》わしさを省いたものであった。

ＬＩＮＥも入っていないし、ＳＮＳもゲームも入っていないガラケー。持って歩いているだけで人に二度見されるし、電車の中で開けば女子高生がくすくす笑うだろう。

でも私はなんだかとても心の負担が軽くなった気がした。だってこれから1週間、ＳＮＳをチェックしなくてもいいし、ＬＩＮＥの通知に飛びついたり、ゲームのイベントに踊らされなくてもいい。ながらスマホの罪悪感からも解き放たれた。

友人の1人に、スマホが壊れて1週間修理に出すことになったからＳＮＳもＬＩＮＥも見られないとメールをする。カチカチと打つボタンさえもなんだか愛おしかった。代替機がガラケーというのはなんとなく隠しておこうと思った。恥ずかしいのではなく、馬鹿にされることからガラケーを守りたかったのだ。

ところが、心が晴れやかだったのはものの数十分。スマホがない、依存する対象がない、すっきりという心持ちに浸れたのはほんの少しで、すぐに苛立ちが襲ってきた。

エスカレーターに乗っているわずか十数秒でも、私の手はスマホを見たいとポケットの中をまさぐっている。

その姿はまさしく獣みたいだ。ああ、依存だなぁ、と改めて思った。

小腹が空いてレストランに入っても、映えるのはこれだなあとすぐに認識できるけれども、自分が何を食べたいのかがよく分からない。

今自分は映えを世に出すツールがないのだから、映えるものを食べても意味がない。映えるものも映えないものも、しょせん最後は排泄される運命だ。

「あ、久しぶりにあそこ行こうかな」

高校生の頃にたまに行っていた路地裏にあるラーメン店。

その店の辞書には「映え」なんてものはない。映え、なんて口走ったら、店主が「え？　蝿《はえ》かい？　どこどこ？」と蝿叩き片手に駆けてくるだろう。

おじさんやサラリーマンばかりのカウンターに座って、

「バターもやしラーメンひとつ」

と、汗と熱気でむんむんの男臭い店内には似合わぬ声で私はオーダーをする。

「はいよ。ってだれかと思ったらみかんちゃん？」

「あれ、覚えててくれてるんですか」

「覚えてるよ。女の子の客なんて珍しいから、うちはさ。まあちょっと見ない間に綺麗なお姉さんになっちゃって。髪なんて染めちゃって」

「えへへ、まあね」

早い、安い、うまい。すぐに出てくるラーメンは茶色くて、全然可愛くなくて、全く映えない。けれどもどうでもいいのだ、そんなこと。

食べる前の儀式と化していた写真撮影もせずに私は箸を割り、前髪をサンリオキャラのピンで留める。

まずは上に乗っているもやしで口をいっぱいにして、もしゅもしゅと咀嚼《そしゃく》する。もやしが吸っていたスープが唇の間から零《こぼ》れたのを服の袖で拭いた。

みんなが着ているからと買ったブランド物のブラウス。1枚でここのラーメンが10杯以上食べられる値段の服は、哀れに茶色いシミをつくる。でもまあ、別によかった。お構いなしに厚切りのチャーシューへ齧《かじ》り付く。映えないチャーシューだ。いいねが稼げないようなチャーシューだ。けれども肉汁が口いっぱいに広がって美味しい。スープ一滴まで飲み干すと、お腹以外も満たされた。それは脳かもしれないし、心かもしれない。

お冷やで食道から胃まですーっと涼やかにさせる。

タイムラインが気になっていないといえば、嘘になる。そんな簡単に自分を飼いならせるわけじゃない。

ＬＩＮＥの未読が溜まっているのではないかと思うと、怖くなる。未読が1件あるだけでも体が震えていたから。

映えないけど
おいしい!!
幸せ♡
ハフハフ
ズルズルー
映え…映え…
パシャパシャ
新作パンケーキ
カフェ
女子会

だって手のひらの世界が私のすべてだった。いきなり何も感じない私にはなれない。

でも、今の私のほうが前の私よりもずっと私らしかった。

今も私が知らないところ、ネットという無限の海の中で、誰かが私を貶《けな》しているかもしれない。

でも現実の私は何も損なわれていない。

誰かの人差し指が私のことを「気持ち悪い」と言っても、私は痛くも痒くもない。

誰かの指先に「死ね」と言われても私は死なない。

ただ現実の事象として生身の私が感じているのは、全然映えないラーメンがすっごく美味しかった、それだけ。

ぼんやりとしていると、サラリーマンの客と店主のやりとりが聞こえた。

「すんません、お会計」

「はいはい。670円です」

「ここって電子マネー使えないの？」

「ああ、すいませんね。そういうの疎《うと》いので、現金だけで」

「あー、そうなの……じゃあ千円で」

「はい、330円のお返しで」

スマホをしまって、気怠そうに財布を開いてお金を出すサラリーマンと、へこへこと頭を下げる店主の姿を眺めた。

ちょうど昼時の客が帰ったところで、店主は私に話しかけてくる。

「最近、電子マネー使えないの？　って人が多いんだけれど、俺、からっきし分かんなくってね。みかんちゃんは今時の子だから得意だろ、こういうの」

そう言いながら、スマホを使う時のジェスチャーを大袈裟にする。

私は曖昧に笑みを返した。

「俺もそういうの分かったほうがいいのかな。時代に取り残されちまうのもなんだしよ。でも分かんねえんだよなあ」

「んー、でも時代にわざわざ合わせなくたってよくないですか。時代だって今はそれが流行っているだけで永遠なわけじゃないんだし」

そんな言葉が口から出てハッとした。これが私の本音なんだ。

＊

代替機を手放してからも、私の心はガラケーに惹かれていた。

返却する時、このままガラケーを使えたらいいのにとすら思った。名残惜しかった。でもそのことを店員さんに言ったら、あからさまに動揺していた。

スマホゾンビに次々と銀色の弾丸が撃ち込まれる。首の痛みで1発、ながらスマホで事故に遭いかけてもう1発、そして代替機を手にしたことでさらに1発。現代人合格のはずの私は、もうすぐ崩れそうだった。

とどめの1発を打ちこんだのは自動車教習所での出来事である。

どうにか無事就活を終えた初秋、私は教習所に行き始めた。順調に講習を進め、仮免を取得するために視力検査が行われた。

私は視力検査というものが凄く苦手だった。フツウなら取るに足らないものだろうが、私は視力検査をするとなると前日から鼓動が速くなり、指先の血の気がなくなる。

血液検査とかなら何もせずに血を抜かれるだけなのに、視力検査は自分の出来次第で左右されるからがんばらなくちゃと体が震えるのだ。

どうしてそこまで視力に思い入れがあるのかというと、それは幼い頃にさかのぼらなくてはならない。

子供の頃、私は褒められるポイントのない子供だった。

誰にだって「顔が可愛い」とか「足が速い」とか「やさしい」とか褒めるべき長所があるけれど、私は「ここだ！」というポイントのない子供だった。

「アユミちゃんは一輪車が上手いわよね。ユイちゃんはお勉強ができるし。みかんちゃんは……うーん……」

と言い淀まれたことを、子供ながらに覚えている。

けれどその時、誰かが、

「でも、みかんちゃんは、ほら、目がいいから」

と言ったのだ。

目がいいというのは、顔がいいとか頭がいいと並ぶような褒められるポイントと同等かと言われるとそれは違う。いいとか悪いで判断することではない。ただの体の特徴で、視力が良いのは秀でたことではないし、視力が悪いのは恥ずべきことではない。しかし、褒められ慣れていない私にとって、「目がいい」というのは自分の中の大切なアイデンティティとなった。

そんな視力の良さを自分の拠《よ》り所にしてしまったものだから、

「0・3ですね。眼鏡ありますか？」

そう言われて驚き、泣きそうになった。

私は普段裸眼だし、1・0はあるはず。今春、大学で行われた健康診断の視力検査だってAだった。

その旨を話すと、少ししてから再検査することになった。

冷や汗をかき、自分の快楽を優先して体をないがしろにしていたことを猛烈に悔いた。

自分はスマホの奴隷でありつつも、少しは体を労る意識があると思っていた。けれども、労る気持ちがあろうとなかろうと、奴隷である以上、視力も、それから首の痛みも、手かせ、足かせのように私を縛るのに変わりはなかった。

「ああ、神様ごめんなさい。スマホの奴隷はやめるから視力は落ちていませんように」と心の中で平謝り。

少しして測ると、結果はあっさり1・2だった。免許の条件は付かず、無事クリア。

「コンタクトレンズ入れてないですよねえ?」

と教習所の人は不思議そうだった。私自身も不思議だった。

はじめに測った時は、直前までスマホを見ていた。

でも再検査の前は不安と恐怖と焦りでそれどころじゃなかった。そういうこと?

「あ、そういえば……」

「スマホ　視力　影響」で検索しようと、ついスマホに手が伸び、前のめりになるけれど、1秒たらずのためらいが生まれる。

老若男女みんなが使っているスマホが、とても怖いものに思えた。

スマホを見る代わりに瞳を閉じて、検索する代わりに自問自答するけれど、私は私の目玉としゃべれないから分からない。

教習所を後にして、薄目でスマホの画面を見る。

スマホが普及してから明らかに増えた子供の近視などの検索結果が並んでいて、ぎょっとした。

このまま自分の気持ちを放置しておくわけにはいかず、私は、私と目玉の間の通訳を頼むべく、ショッピングモールに併設された眼科に走った。

隣にコンタクトレンズ屋さんがあるその眼科はとても混んでいて、待合室では誰もがスマホを見つめている。

私もSNSを見たい衝動に駆られるが、先刻の経験から我慢した。

耐えられなくてぐっと拳を握る。それでも耐えられなくて、手の腹に爪が食い込む。

そこまでしてもまだ……だめ。スマホが見たい。

しんどい。ライトな拷問か。

暇ってこんなに苦しかった？　手の中にスマホがないだけでこんなに生きた心地しなかった？

――みかんって本当にスマホ依存だよね。

――スマホ握ってないと手とか震えたりして。

ハルさんの言葉を思い出す。私の友達は偉大な予言者だ。

テレビで見たアルコールや薬物に依存した人のドキュメンタリーを思い出す。

アルコールはたしなむ程度だし、薬物なんてきめたことはないけれど、一瞬の快楽を求めてのたうち回る人の気持ちが今の私には痛いほど分かった。

苛立ちと、喪失感で、手が震える。

気を紛らわすためにあれこれやってみる。

ひとりで脳内しりとりをしたり、脳内で好きな音楽を思い浮かべて歌ってみたり。けれども駄目だ。頭の中でスマホへの欲求がはじけては散り、はじけては散りを繰り返している。終わりは見えない。

今の私にぴったりな言葉があるとしたら……〝禁断症状〟。アルコール依存症の人が料理酒さえも飲んでしまったりする話を聞いたことがあるけど、まさしくあの感じ。

隣に座る、見ず知らずの男子高校生が持つスマホを覗き見し、そこに映るタイトルも知らないサッカーゲームの画面を見るだけで原因不明の動悸は治まる。

目玉がブルーライトを欲してるの？

彼が私の視線に気づかないのをいいことに、じっと、ずっと、見ていると、やはり物足りなくなってくる。見たいのではなく、自分で動かしたいのだ。

ＳＮＳであれこれ発信したい、これを言いたい、これを見せたい、あれを見たい、そして羨まれたい、好かれたい、愛されたい、誰かと繋がっていたい、繋がり続けたい。

脳みそからＬＩＮＥのトーク画面みたいに、ポコポコ吹き出しが生まれる。

じいいいー

でもスマホに触れない限りそれは解消されないので、溜まる一方。未読100件ってところか。苦しい。

別にどこが痛いとか何かされているとか正当な理由があるわけではなく、ただ数十分スマホに触ってないだけでこんなに苦しいなんて。

ああ、もう駄目だ。悶《もだ》え死にそう……下唇を噛みつつ鞄のスマホに手を伸ばしかけた瞬間に、

「忍足さーん。忍足みかんさーん。1番診察室へどうぞ」

診察室から呼ばれ命拾いをした。

あと2秒遅かったら、私は獣の如くスマホに飛びついていただろう。

検査を一通り終え、インテリジェンスなのび太くん（ドラえもんが未来から彼の将来を案じて訪ねてくる必要もないだろう）のような眼科医に経緯を話した。

「うーん、精神状態で意外と変わりますからね、視力は。会社の健康診断や人間ドックでの結果と、かかりつけの眼科での結果が違うのはよくあることです。忍足さんも教習所という慣れない環境で緊張していたのでは？」

私は意を決して「スマホ疲れた」と同じくらい言葉にするのに勇気がいる言葉を、口にする。

「あの、スマホって目に悪いですか？」

医師は、ドラえもんでも呼びたそうな少し困った顔をしたあとに、「一概には言えませんが」と、もごもごご前置きをした上で、

「……断言はしかねますが、確かにスマートフォンが普及して以降、斜視や、眼鏡やコンタクトになった、度が進んだ人は多いと、僕は感じます。データでも子供の近視の割合も毎年のように過去最悪を更新しています。視力1・0未満の高校生も7割近いですし。まあ、近いところをずっと見るのは……よくないですよね。スマホはやっぱり依存性も高いですしね」

そう言った。

やっぱりそうなのか。じゃあどうしてそんなものが野放しにされているんだろう。もっと規制なりなんなりしてくれないものだろうか。

いくらスマホとか文明の利器が発達しても、人間の目は特段進化していない。平安時代に紫式部が『源氏物語』を書いていた目ん玉と、私が動画アプリ上のアイドルを見つめる目ん玉は、同じ目ん玉。

スマホもPCもない時代を生きてきた今のお年寄りだって、加齢から来る目の悩みを抱えてるんだから、若いうちから文明の利器という鉋《かんな》で目ん玉削られている世代は、将来どうなっちゃうんだろう。

スマホができて10年ほどしか経っていない。弊害があるかなんて未知だ。これから

どうなるかなんて誰も分からない。

私たちはロボットじゃないから、視力が弱まったら新しいパーツに交換するわけにはいかない。10年後、はたまた50年後に目を憂《うれ》いて、「思い返すと馬鹿らしいけど、私が若い時にスマホで……」と今を一生悔やむのは嫌だ。

「あ、忍足さん」

まるで電源が落ちてしまったみたいに黙りこくっている私を案じたように声をかけられる。

「忍足さんは軽い近視と乱視はありますが、健康な目なのでそんなに神経質にならなくてもよいと思いますよ」

「え、今なんて」

「神経質にならなくていいと思いますよ。僕も眼科医なんてやってますけど、眼鏡外すと何も見えませんし。眼科医って眼鏡率高いんですよね、学会に行っても……」

「その前です！　近視？　乱視？　あるんですか、私？」

「いや、でも軽いですよ、かなり。眼鏡が必要なほどじゃないですし」

22年の人生で、そんな診断をされたのは初めてだった。軽度とはいえ近視に乱視だなんてショックだった。

別に一生眼鏡やコンタクトに頼らず生きていけるとは思わない。年を重ねたら眼鏡が必要になるかもしれないし老眼にもなるだろう。白内障で手術を要する日も来るかもしれない。

けれど、私はショックだったのだ。年を重ねて眼鏡や治療を要するまで、可能ならば大切に労りたい。スマホという時代や流行や取るに足らない暇潰しで、一生使う替えの利かない目の寿命をいたずらに生き急がせたくない。

私は何のためにスマホを見てた？

うーん……論破できる理由がない。あえて言うなら暇だから。それだけ。

暇はつまらない、暇は耐えられないから、5分、1分、1秒でも暇があるとスマホで補給する。

でも別に人間、暇じゃ死なない。暇が死因で死んだ人はいない。

それに暇を補給しているもの……スマホでのゲームや動画やSNS、本当に視力と引きかえに見る価値のあるものか。目が見えなくなってもいいからスマホを見たいなんて人いる？　暇潰しと承認欲求を満たすためにしては、代償が大きすぎる。

その瞬間、私の中で何かが壊れた。音を立てて。

いい意味での破壊。さっきまでの〝私〟が〝他人〟になる。

肉体の、視力という目に見えた数字で自分が損なわれたことによって、我に返った。

診察室を出て、病院を後にして、ながらスマホの人とすれ違いながら考えた。

いつもは私もスマホ片手に歩くけれど、今は右手は鞄を握り、左手は軽く振り、視線はぴん、と前。なんだかスッキリする。月並みな表現だけど、世界が開けて、明るく見えた。

ふらりと本屋さんに立ち寄って、「目」にカテゴライズされている本を片っ端から手に取る。

『2050年までに世界人口の半分の50億人近くが近視になり、最大でその5分の1にあたる10億人に失明のリスクがある。でもこの数字は甘い。90億人近くが近視になり、失明のリスクは20億人になるだろう』

『近視は放置すると強度化して失明する可能性がある病気』

Aの本では「目に良い」と謳《うた》っていることを、Bの本では「それを真に受けてやると目の病気になって手術を要する」と書いてあったり。

私はいちいちヒェッ！　と飛び上がり、そして海外と日本とのズレに驚く。

例えば、『スマホは1日で最高1時間まで』『スマホが普及してきた時に子ども時代を迎え毎日のようにスマホを使っていた人々が成人して、やがて40歳代になるころには多くの人が目の手術が必要なほどの障害を抱えているかもしれません』とか『日本は眼科医が軽視されていた結果、世界から20年遅れている。20年ほど前にドイツで失明を引き起こし禁止された治療が日本に入ってきてテレビや本に取りあげられ何人もの患者に施され、光を奪った』なんて書いてあり、ますます私をおののかせた。もうイナバウアーでもしそうな勢い。

日本は医療において先進国だって思っていた。けれど目においては違うようだ。情報の8割が入ってくる大切な目なのに。

そしてその遅れを知っている人は、悲しいほど少ない。私も今知った。知れて良かった気がする。

気になった本は財布と相談せず手当たり次第に買って、本屋さんを後にした。

「今ならコンタクト安いですよー」と気怠くチラシを配るお兄さんの前を素通りし、駅へ向かい、改札を抜け電車に乗る。

そして周りを見回す。スマホを見つめる人々、お年寄り、妊婦さん、ベビーカーの赤ちゃんまで。今まで当たり前だった、疑問を持たなかった光景。

でも今の私にはただただ異常に映った。まるでスマホに洗脳でもされているみたい。もしもスティーブ・ジョブズが人類侵略に来た宇宙人だったら、利便性と引き換えに上手く侵略できている。でもそんなジョブズも自分の子供にスマホを使わせなかったという。皮肉。

ドアが開き、次の駅から乗ってきた人の手に握られたスマホが背中に当たる。

ナイフのようにとがっているわけじゃないから刺さらない、凶器じゃないから殺されないけれど、私はもしかしたら殺されていたかもしれないと生唾を飲む。

「すんませーん」という気怠い謝罪に軽く会釈した。

揺れる山手線。

あれ？　スマホがない頃って電車の中で何をしていたっけ？　と疑いたくなるほど、スマホがない電車の過ごし方が分からなくなっていた。

他の誰かに倣《なら》おうとも、みんながみんな〝スマホの奴隷〟なものだから解決策が分からない。

私の手が何かを欲している。

だめだ、やめて、私はもう奴隷じゃないんだからと、親指の下あたりをぎゅっぎゅっと揉みほぐす。

中吊り広告のグラビアアイドルの、布から零れ落ちんばかりのたわわな乳房と下品極まりないゴシップの見出しを眺めた。

電車が揺れても跳ねぬ乳房を眺めるのに飽き、中吊り広告に並ぶ政治家のスキャンダルやら芸能人のゲス不倫の文言を3周ほど眺め、人間がいかに快楽に弱い業の深い生き物かと噛みしめ出した頃。

車内に乗り込んできたのは、ベビーカーを押し、抱っこ紐をした、子供2人連れの女性だった。

ベビーカーの中に座っている2歳くらいの子供は不機嫌そうで、拙《つたな》い言葉で不満を訴える。

「あーちゃん、これ、や！　なの！　やっ！」

「ああ、もう、ちょっと静かにしてよ」

座席に座ると母親はスマホを取り出して、

「あーちゃん、アンパンマンだよ。アンパンマン。はいっ」

と言ってぐずる子供に流れるように自然に手渡す。

子供はたちまちご機嫌になり、夢中になってそれを見始めた。

一方で母親のほうは、2台持ちらしいもう1台のスマホで、今度は自分の世界に落ちる。

ベビーカーの子供は目玉を吸い込まれそうな距離で画面の中のアンパンマンに夢中だし、抱っこ紐の中の赤ちゃんは母親の視線の先にある世界を（何を見ているんだか知らないが）、まるでびっくりしたような、子供の表情にしては不自然な、引きつったような顔で見つめている。

私もまたスマホを取り出す。でも電源ボタンはつけずにただ見つめる。

スマホがないと生きていけないと思っていたけれど、これのせいで私は私らしく生きられなくなっている。便利だし楽しいけれど、私はこれ以上スマホを持ち続けていると、現実を生きられなくなってしまう。

ガタゴトと心地のよい揺れ。

「キャッ」

という声がしてまどろみから顔を上げると、ドアの前に女の子が立っていた。高校生ぐらいで可愛い子。乃木坂46の白石麻衣に似ている。

ぼーっとその子を見ていると、彼女の上睫毛と下睫毛の間から白と黒と少しの赤のスライム状のものがじわじわと溶け出し、ポッポッと手に持っていたスマホや纏《まと》う服に落ちる。

全て垂れた後、睫毛の間にあるのは、空洞。溶けたのは目玉だった。

キャー！　という叫び声がすると、バリトン声《ボイス》で、

「20××年。地球を、人類を襲った、眼球が溶ける原因不明の奇病、メルトアイシンドローム……」

と、ナレーションが入ったところで、それが夢だと気づいた。

ゆっくりと目が覚める。当然先ほどの女の子もいない。奇病も発生してない。

はあ、なんという夢だ。怖い、妙に現実的だった。

今まで大切に握っていたものは剣山だった。今までないと生きていけないと思って

いたものは猛毒だった。

冷静になって、ちょっと論じてみる。気分は『男はつらいよ』の寅さんだ。さあさあ、よってらっしゃい、見てらっしゃい！

例えば、SNS。

私が血眼になり、西に映えるパンケーキ屋あれば撮りに行き、東に映えるタピオカ屋あれば撮りに行き、1人は映えないからと2人分のスイーツを頼み、誰かと来ているように偽った珠玉の1枚。前回の投稿より1つでも減ったら苛ついていた〝いいね！〟だって、よく考えたら画面の中の数字でしかないじゃないか。

〝いいね！〟の数が現実の私に何かもたらしてくれるわけじゃない。〝いいね！〟の数で肌がキレイになったり鼻が高くなるわけじゃない。しょせん、ただの数字だ。

そりゃインスタグラマーを生業《なりわい》にしている人は別だけど、そんな人は一握りだし、それだって安泰かどうかは分からない。大多数にとって〝いいね！〟の数は、増えようが減ろうが現実の生身の体には何の反映もない。

じゃあ何のために〝いいね！〟を求めるか？

って、それこそドラッグだ。一時の快感が欲しいのだ。

でも、一時幸せになるけれど、その幸せはほんとうに一時で、すぐに次の、もっとる。

強い幸せが欲しくなるので終わりがない。自転車操業みたいに、終わりなく求めてい

そうしているうちに、現実と画面上の私にどんどん差ができていく。〝いいね！〟の数や映える投稿に反して、現実の自分は空っぽだ。

次に、ゲーム。

友達にもスマホのゲームに夢中で課金したりイベントを走ってる人が多くいるけど、ちょっと炎上覚悟で言う。

ハイスコアを出したり、イベントを完走した達成感、ガチャで推しが出た時の幸福感……分かる。でも私は、のめり込んだ分だけ虚しくなった。

だっていくら時間を費やしても、そのゲームが5年後、10年後にあるか分からないし、あっさりサービス終了なんてなったらかけてきた時間も水の泡だ。

ゲームと現実は当たり前だけど陸続きじゃないから、どれだけ身を削っても現実の自分に還元されない。

まあそんなこと言ったら人生だって終わりが必ずあるのにみんな生きているし、美味しい食べ物だって排泄物になるのにお金払って食べるし、ゲームにだけそう言うのはおかしいだろうけど。

以前、機種変更でゲームの引き継ぎに失敗したことがある。何十時間もかけたゲー

ムのデータが全て消えてしまったのだ。その時のことを思い出すと、私は虚しいと思わずにいられない。あれだけ費やした時間はなんだったんだって。

それから、ニュースアプリ、情報サイト。

よく考えりゃあ別に知らなくてもいいことばかり。芸能人の離婚に熱愛、政治家の失言、私にとってはどうでもいいことだ。

……そう言うと、新しいものを叩くガンコ親父みたいだけれど。

でもこれは、朝起きたら真っ先にスマホの電源オン、いくつものSNSを開いてそれぞれで「おはよー」&ＴＬ《タイムライン》追って、ゲームアプリでログインボーナス、動画やニュースアプリと共に通学、授業中だろうとノートを書くフリして机の下で〝いいね！〟を押し、食べたいものより映えるものをチョイスして、トイレもお風呂も寝る前も常にスマホを握っていた末期のスマホ依存症だった私がたどりついた境地。いわば、もう悟りの世界。

＊

さてそんな私が家に着くなり始めようと奮起したのは〝デジタルデトックス〟である。

片っ端から読み漁った本の中にあったその言葉は、海外セレブもやっていて（日本の女子ってこのフレーズ好きだよね）、スマホやSNSから一定期間離れて依存から脱するというもの。

日常で取り組める簡単なことから、スマホを置いて旅に行くツアーなんかもあるらしい。

私は前者に取り組んでみる。

まずは不要なアプリをアンインストール！　……ところが、いざやろうとすると、不要と思えるアプリがない。長らくログインしていないゲームすら惜しい。悩み抜いてアンインストールしても、2日でまたインストールしている自分がいる。

次に、20時にスマホを使うのをやめよう！　電源を切って鍵付きの引き出しに入れよう！　と決めたけれど、20時10分には耐えられなくなって鍵を開けて、電源を入れて、スマホに触っている。

それから、ながらスマホをやめたくて、スマホをリュックの奥深くに入れておく作戦もやってみた。けれど、手持ち無沙汰ですぐリュックを下ろしてスマホを出している始末。

そこで、思い切ってスマホを家に置いて外出してみた。けれど、出先で必要な連絡が取れなくて、この方法は早々に諦めた。

スマホを所有すること、自分が嫌いな自分でいることから脱する……いわば毒を抜こうとしている私だというのに、今日もこの手にはスターバックスの新作フラペチーノがある。

本当に飲みたいのはアイスティーなのに、こちらのほうが映える気がして買ってしまったし、この空をバックにフラペチーノを撮れば〝いいね！〟が稼げると思ってしまった。

あぁ！　もうっ！

私は欲に弱すぎる。

駄目だ。やめたいのにやめられない。馬鹿みたい。

ＳＮＳがなくなればいい。アプリゲームがなくなればいい。

でもそれがなくなったところでなんだというのだ。次はニュースアプリに、動画アプリに、はたまたクーポンアプリに、結局別のものに依存するだけだ。

とにかく、まずはＳＮＳから離れないと！

そう思った私は、半ば強制的にＳＮＳアプリを開くことを禁じた。アカウントを消す勇気はないけど、ＳＮＳからログアウトしたのだ。アカウント名の横に表示される「フォローされています」の10文字はいつだって私の心の安定剤だ。

作戦はなんとかうまくいき、４日間だけだけど、ＳＮＳを我慢することができた。

そして4日後、一番長くやっているSNSを久しぶりに開いてみたところ……フォロワーが1人減っていることに気づいた。

フォロワーが1人減るというのは、自分が生きていていい理由が1つ減るのと同じ。私は泣きながら誰がフォローを外したのかフォロワー一覧をチェックする。フォロワーのスクリーンショットを撮っているからすぐにそれは割り出せる。

「めるるちゃん⁉ 嘘っ！ なんで……⁉」

もう5年近くお互いフォローしていて、現実《リアル》でも会ったことがある友達。それなのに前まではあった彼女のアイコンがフォロワー一覧にない。

私はＬＩＮＥを開いて、焦る気持ちを手懐けて感情的にならないように言葉を綴った。

『めるるちゃん。久しぶり。あの……いきなりごめん。ＳＮＳのフォロー外れちゃってるみたいなんだけど、もしかしたら間違えて外れちゃったりしてない？』

返事は待ち構えていたようにすぐに来た。

『ううん。間違いなんかじゃないよ。外したの。だって最近みかんちゃん、〝いいね！〟してくれないじゃない？ それならフォローする意味ないでしょ。現実がどんなに忙しくてもちゃんと〝いいね！〟してくれてコメントくれる人もいるよ。私はそういう人と仲良くしたいの。みかんちゃんは……なんか、もう、いいや。さようなら』

え、えーっ⁉

〝いいね！〟しないと友達じゃない？

私はＳＮＳ抜きにしても友達だと思っていたけど向こうは違った？　いろんなことを話してきた５年間は何だったの？

言いたいことはたくさんあるが、光の速さでブロックされて、もう一生話し掛けられない。虚しい。私は彼女の本名すら知らない。

よく考えたら、ＳＮＳがないと縁が切れる友達は彼女だけじゃない。たくさんいると気づく。電話番号やメアドを知らない、アプリを介さないと繋がれていない人はたくさんいる。

虚しい。〝視力〟のことでスマホの魔法から解き放たれたように、彼女の言葉が、私をＳＮＳ依存から解く。

ＳＮＳは１対多だからたくさんの人と繋がっているつもりになるけれど、本質は誰ひとりとして繋がれていないし、指先１つですぐに絶縁できる。ブロックやアカウントの消去で水の泡になる友情。

ＳＮＳをやめられたら、どれほど幸せなんだろう。

いや、でも私はきっとやめられない。じゃあもういっそのことスマホがこの手の中からなくなればいい。そうしたらどれだけ楽になるんだろう。

血眼で見つめ、摩擦で火でも起きそうなくらいスワイプする小さな世界。

その中で、利便性は承認欲求を帯びて、いつからか〝がん〟になっていた。心の、〝がん〟だ。〝がん〟ならば摘出手術が必要だ。

たとえ電車に乗って、7人掛けの座席で7人中7人の老若男女がスマホの画面を見つめているのが普通の今だって。スマホユーザーが多数派で、スマホ依存がデフォルトの一億総スマホ依存社会だって。私にとっては〝がん〟なんです。悪性新生物。命まで脅かされる。見るのも持つのも辛い。ましてやもう依存したくない。だから〝がん〟を取るのだ。

みんな多数には弱く従順で、白だと思っていても100人が「黒だ」と言えば黒になるし、1000人が「いや、やっぱ白」と言えば、白だ。

それに加えて人は優劣をつけたがる。多数派は間違いなく優で、少数派は劣だ。〝がん〟を摘出すれば少数派になるし、劣に落ちちゃう。

分かってる、そんなこと。でも、だからなんだと言うんだ。

疲れた。もう一生分依存したから、そろそろ脱したい。奴隷解放宣言をして、〝がん〟を取って、私は〝私〟に戻りたい。この支配からの卒業、昔の歌手が歌っていた。

フツウが、多数派が100パーセント正しいってことはない。

少数派が100パーセント間違っていることはない。

無理にフツウの振りしたり、多数派を装わなくたって死にはしない。

スマホに依存して心身が削がれるぐらいなら、フツウじゃなくても、多数派じゃなくてもいいや。

今は永遠じゃない。

例えば昔の流行、ボディコン、ガングロギャル、シノラー？　当時はきっとみんな、今が永遠、終わりが来るとは夢にも思っていなかったはず。でも今はいない。私もテレビの中でしか知らない。

スマホやSNSに依存している今も、そのうちインスタ映えも、タピオカも、全てが過去になる。

「スマホとかやばい！　平成かよぉ」って令和生まれの子に言われるかも。

mixiの紹介文、前略プロフィールの痛々しい自撮り、アメンバー……10年前に夢中で見つめていた液晶画面の中の時代や流行は、私の手の中に残っていない。

今のフツウは脆い。多数派だって崩れるかもしれない。私はそんなものに流されるより、いっちょ自分の意思に従いたい。

もし今、私が折れて、時代や流行のされるがままになったら、10年後の私に何が残る？　それはもう間違いなく後悔。時代や流行に抗うのは怖いけれど、後悔するよりマシだ。

抱いた気持ちに嘘はつかない。

体に巻きつく、手のひらに乗る通信機器から解放されたい。心の内に巣食うがんを駆逐《くちく》したい。それしか考えられない。

ＳＮＳの自分は偽物だったのだ。見栄を張るべく高いヒールを履いていたようなもの。ずっと24時間３６５日履き続けていれば必ず足は痛む、血がにじむ、豆はできる。その痛みに気がつかないふりをしてきたけれど、気がついてしまったらもう駄目だった。痛い、痛い、痛い、痛いのだ。ヒールなんて脱ぎ捨てて裸足で駆け出したい。

私、スマホに使われている。支配されている。

このままじゃスマホに殺される、ＳＮＳが私の息の根を止めに来る。死ぬ。

いやこれはもう心中だ。

そんなの嫌だ。その前に一刻も早く。

＊

いよいよ卒業を控えた春。

これから社会人として働く以上、ケータイそのものをやめることは難しい。

だったら、そうだ、せめて原点回帰！　ガラケーに戻そうと決めた。

スマホをやめる、卒業する。そう決めると気持ちが晴れやかだった。

すぐに下見のためにいろいろな携帯ショップを回った。どこのお店でもガラケーはひっそりとトイレの前なんかが定位置だった。

店員さんに「スマホからガラケーにしたいんですけど」なんて言うと、ある店員さんは「はあ？」と言い、またある店員さんは慌てふためき安いスマホプランを勧め、またある店員さんは目を見開いて「どうしてガラケーなんかに⁉」と言い、パキポキと私の心を折る。

もしかしたらスマホのままにして付き合い方を見直せばいいんじゃないかという気にさせる。

でも私は、我慢ができない。盛りのついたオスザルぐらい、スマホを前にした私はウホウホと我慢ができないのだ。だから根元から絶つ必要がある。

そうこうしているうちに4月。入社式を迎えた。

私は金融系の会社で社会人1年生になった。そしてそこでまた新たな壁にぶつかった。

「新入社員のＬＩＮＥグループ作ろ〜」

「オフィスのＬＩＮＥグループに忍足さんも招待しておくね」

ああっ……！　ＬＩＮＥ‼

別にもうSNSもゲームもいらないからガラケーにしたいのだけど、LINEができないのはまずい。会社の諸連絡なんかがLINEで来るという。それに加われないのは……！

ってかLINE、またお前か！　スマホに替えた時といい!!　もうっ。日本ぐらいでしか使われていないアプリだというのに、こんなにも存在感！

会社内も誰もがスマホ（ガラケーとの2台持ちもいるけど）。そして上司や先輩の車に乗せてもらうと、ハンドル片手にスマホ。当たり前の光景みたいに。危ないと思う私が変みたい。

ああ、もう、どうしよう！

ほとんど毎日仕事帰りに携帯ショップに行くのが日課と化しつつある私は、慣れないパンプスでトボトボ今日も向かう。

鞄の中でスマホの通知音が鳴り響く。会社のLINEグループでは引っきりなしに誰かが何か言うので通知数が跳ね上がり、少し怖い。

あえて通知を見ずに、私は店員さんの「また来たぞ」という顔を横目に店内に入り、追いやられた棚のガラケーを触る。

パカリと開いてポチポチとボタンを押す。

この感じが好きだ。打ち間違いがないし、画面を見ずに文字が打てるし。不思議なものでで、みんなが当たり前にガラケー……ケータイを使っている時には、好きか嫌いかなんて考えなかったのに、今は愛おしくてたまらない。離婚してから別れた人の良さに気づくってこういうことなのかな。

そりゃできることはスマホより少ないだろうし、不便と言う人もいるかもしれないけれど。でも、それでもやっぱりガラケーいいなあ。

その時、店員さんが私に気づき、近寄ってきた。

「こちらは見た目は２つ折りのケータイですが、スマートフォンと同様に４Ｇ対応になっております。ＬＩＮＥもスマホ向けサイトも見られますよ」

と説明してくれる。

ＬＩＮＥができるガラケー⁉　大きな悩みが解消された。

別に私、もう万人と繋がりたいとか、顔も見えない人に指先ひとつで評価されたいとか、終わりない暇潰しに身を投じたいとは思わない。

ガラケーのほうが贅沢な時間を与えてくれそう。暇ってきっとなかなかリッチだ、フォアグラぐらい。

私の心は決まった。

スマホ内のブックマークを開き、SNSのアカウント削除ページを人差し指の腹で叩く。もうとっくの前からこのページはブックマークしてあった。

でも躊躇《ためら》っていた。SNSのアカウントを消すというのは、自分の生きてきた時間を殺すのと同じだったから。どうしても「アカウントを削除しますか?」の「OK」を押す指先が小刻みに震えて消せなかった。怖かったのだ。

だけど、もう大丈夫。一思いに殺《や》れる。殺《や》らなきゃ、やってらんないのよ。

だって私はもう奴隷じゃないのだから。殺す相手は画面の中にいる。

奴隷の私、鎖の外れた私はこれから生きなきゃならないの。

「OK」を強く、強く押す。

軽く触れただけでも反応してくれるのは分かっているのに、なぜか画面にひびが入るほど強く押していた。

まるで生き物を殺したかのような生温かさがじんわり指先から体中に伝わった。

温かいはずなのに、先ほどまでかいていた汗はスーッとひき、炎天下だというのに湯冷めしたようにぶるっと身震いするけれど、次第にそれにはすがすがしいという名

＊

前がふさわしいと気がついた。

見つめる手のひらに私のアカウントはもうない。

「新規登録しませんか？」という文言が浮かぶが、あいにくノーサンキューだ。やっとスマホの奴隷を終わらせられたのだから。

私と繋がっていたフォロワーにとって、私はたった今この瞬間に死んだ。でも現実の私は今、産声《うぶごえ》を上げた気分だ。

ＬＩＮＥの友達も次々と消していった。

そもそも、友達ではあるけれど私をブロックしている人もいるだろうと、うすうすは気がついていた。画面上では友達だなんて、なんだか滑稽《こっけい》な気がした。

ひとりひとり画面の中から消していく中で、本当にこれからも繋がっていたい友達だけをノートに書いた。

そしてその人たちだけは、ケータイの電話帳に名前が躍っている。

別に１００人、１０００人と繋がっていなくてもいいのだ。

前は１０００人いるのならば、１００人の人に好かれたかった。けれども今は、繋がりすぎても心が悲しいだけだと知ってしまったから、１００人と数字上だけで繋がっているよりも、10人と心の底から繋がっていたかった。

私がふるいにかけた（言い方が悪いかもしれないが）友人、その条件は、死ぬまで離れたくないかどうか。

選《え》りすぐりの友達らは、快く、

「連絡は今度からLINEじゃなくてメールか電話ね。オッケー」

と了承してくれた。

そんなこと言ったら友達は引くかと思ったけれど、現実《リアル》の友情はちゃんと友情だった。

人間関係を見直せたのは、スマホからケータイにしてよかった利点の1つだ。


そして、2017年8月13日。私は携帯ショップへ走った。

「すいません、スマホからガラケーに機種変更したいんですけど！」

その言葉はまるで失敗しないドクターが言う「メス！」だ。今だけ気分は米倉涼子。

渋る店員さんを押し切り、話を進める。

さあ皮膚を裂いて開いて、どうぞこのがんを私から切り離して。

スマホの存在で救われている人もいるだろう。

発達障がいを公表している栗原類さんの著作には、このようなことが書いてあった。

『発達障がいのある子がスマホやタブレットを使うことで学習しやすくなるケースはある』

『スマホに助けられた部分はたくさんあった』

それも分かる。

だからがんなんて鋭いたとえをすべきではない気もするけれど、でも私にとってのスマホは、他に言葉が見つからない。スマホの奴隷の私が所有する小さな辞書。調べても、調べても、がんは、がんだから、仕方がない。

上手く正しい距離で使える人にとってはそりゃ便利な文明の利器だけど、上手く正しい距離を保てず、飲み込まれて支配されている私にとっては、がんだ。

だから切除する。

メスも麻酔も入院もいらない。いるのはひとかけらの行動力。

がんを切除し（スマホをやめて）、パステルカラーのガラケーを片手に店を後にした私は、世界で一番晴れやかだ。

手を振って歩いても、もうスマホに隷属する鎖の音はしない。

第4章　23歳・新たな強敵、タブレット。

スマホ依存が辛いなら、スマホをやめればいいじゃない？

ケータイの入った紙袋を引っさげて家路へとつく私の心は、さながらマリー・アントワネットだった。東京下町も、ベルサイユ宮殿へと変わる。

すれ違う人々はもれなく全員〝スマホの奴隷〟。自分も少し前までは頭を垂れてスマホから延びる首輪に繫がれていたのかと思うと、ゾッとした。

でも、もう私はいち抜けた！　現代人としては弱くなったかもしれないけれど、忍足みかんとしては生きやすくなった。

依存が嫌で辛いのならば、依存する対象を手放せばいいなんて、我ながら名案だ。

これで奴隷解放！　自由だー！

……そう思ったのも束の間。

そういえば、マリー・アントワネットの栄華だって長くは続かなかった。『ベルサイユのばら』を繰り返し読んで、オスカルのセリフも暗記していたのに忘れちまっていた。

私にとっての断頭台は、携帯ショップからの帰り道、最寄駅のエスカレーターだった。エスカレーターは大して長くない。どこにでもあるありふれた長さ。乗っている時間は1分もないだろう。

軽やかにステップに乗り、前に立っている初老のサラリーマンの頭が現代人のデフォルト的に垂れているのを見て、

「ほうほう、貴方もまだスマホの奴隷かね」

と、得意げにふふんと鼻を鳴らした。

その10秒後、私の心身はまるで心臓を和太鼓にして盆踊りでもおっぱじめたみたいな動悸、騒音で苦情が来そうな息切れ。そして凹凸のない胸の谷間らへんが、遊園地の垂直落下型のアトラクションに乗ったみたいに重力に逆らっている感じに見舞われていた。

苦しい。何？　私、どうしちゃったの……？　まさか心筋梗塞とかそういう病気⁉　いや、まだ20代なんですけど？

一見、急病人だ。でもこれは心臓の病気、じゃない。それは身だしなみのチェックのためか痴漢抑制のためか、エスカレーターの両サイドにある鏡が教えてくれる。

何も握っていないはずの右手が、何かを握ったようなポーズに不自然に固まってい

るのだ。そう、それは、スマホを握っている体勢。

いつの間に私、こんなポーズとってた？　全くもって身に覚えがない。無意識だ。私の体ったら、いつの間にかスマホを持つ姿勢に形状記憶されている。ええっ、なんだそれ、怖っ！

そして私の体ったら、いつの間にかスマホのない暇な時間に耐えられなくなってしまっている。もうっ、なんだよそれ、怖っ！

いや、私はスマホの奴隷をやめたのだ。

現に私はもうスマホユーザーではない。ポケットを探しても、鞄を引っくり返しても、あの麻薬みたいな光る長方形は出てこない。身体検査でもしてみろ、どこにも隠しちゃいない。

それなのに私の右手は、所有していないものを握ろうと固まっているし、私の頭は何もない手のひらをじっと見つめて、そこに何もないことで不安にかられている。

えっ、ちょっと待って。４年前は私、スマホなんて持っていなかった。そう、スマホなんてまだ、人類社会において新参者だ。それなのに、４年前のあの頃、私ってどうやって過ごしていたんだっけ？　どうやって生きていたんだっけ？

……思い出せない。確かに４年前も私はこの世に存在していたというのに。スマホを握って生まれてきたわけじゃないのに。

スマホじゃなかった頃の自分が分からない。どこかにスマホの奴隷じゃない人はいないだろうか。いてくれ、真似するから、とあたりを見回すけれど、私の周りにはいない。

心を落ち着かせるために、スマホゾンビの波をかき分けて壁際にたどり着いて、携帯ショップの袋からケータイを取り出しパカッと開く。開いて閉じてくるくると撫でる。

私はスマホを手放す決意までして、スマホの奴隷をやめたのだ。全く実態がないくせに人の身も心もこんなに従わせるなんて、スマホっていう主君はなんて独裁的な暴君様なのだろう。

でも、もう屈しないぞ。グッと唇を噛んでケータイをしまって歩き始める。

今はきっとスマホをやめたばかりだから感覚が残っているだけ。あ！　そうそう後遺症、スマホ依存症の後遺症なのだ。

典型的なスマホ依存症だった私。アルコール依存症やドラッグ中毒の人がアルコールやドラッグを抜くように、体内に残る承認欲求をデトックスして暇への耐性をつけなくっちゃいけない。

でもまあ、すぐに慣れるだろう。それは私、スマホにした時に身をもって知っている。

「こんな使いづらくて眩しいもの流行るわけがない！」

スマホはそんな第一印象で、機種変更も、やれやれだぜと仕方なく手にしたくせに、転がり落ちるみたいに日常がめくるめくスピードで塗り替えられて、気づいたら身も心もスマホ様の言いなりになっていたんだから。

きっと1週間も経てば奴隷解放を手放しに喜んでケータイとランデブーしているだろう。……そうであってほしい。

＊

1週間後。私はいつものように目覚める。枕元でコンセントから延びているのはスマホではなく、SNSやゲームのアプリの入らないケータイで。

もう、起き抜けそうそう寝ぼけ眼《まなこ》で、眠っている間に見落としたタイムラインを血《ち》眼《まなこ》で追わなくてもいい。だってスマホがないのだから。

映える朝食をやめたら食費が浮いた。そもそも映える朝食は量が少なくて昼前にお腹が空いてしまっていたし、ニコちゃんマークのポテトやキャラクターを模したご飯よりも、卵かけご飯が好きなのだ。

ところが、さあ仕事に行こうと、社会人1年目、家を出ると、その道中はいかに自分がスマホの奴隷だったかを再認識する時間だ。

マンションの廊下、エレベーターの中、駅までの道のり、駅のエスカレーター、電車の中、職場までの道のり、無意識にないはずのスマホを探したり、右手が長方形を握る形になっていたりするのにゾッとする。

スマホを使っていた頃、何時間スマホを使っていたか可視化できるアプリを入れていたことがある。突きつけられる時間にギョッとしつつも、「いやいや、でもこれくらいみんな使うし」と受け入れずに、見て見ぬ振りをしていた。

けれど、ネズミに遭遇したドラえもんが大慌てでポケットの中をひっくり返すごとくスマホを探している時に、ふと我に返って、「これはやばいな」と身をもって気づく。

電車に乗ればスマホを見てない人を探すのは『ウォーリーをさがせ！』ばりにレアだし、職場の朝礼中もみんなこっそりバレないようにスマホを眺めている。

その光景は、大学生の頃もよく見ていた。大教室の後ろのほうに座ると、みんな机の下にはスマホを忍ばせて、右手でノートをとる振りして左手でスマホを触っている。少しだから見るのを我慢すればいいのにそれができない、あの感じ。

自分もこうだったのか、と思うし、よく疲れないよなぁと感心すらしてしまう。だって私は、４年少々で疲れきってしまった。整骨院やマッサージやらの回復の呪文や術を駆使しても疲れが取れなかった。

老若男女が微動だにせずスマホを見つめているのを見ると、みんな本当にタフだ、シュワルツェネッガーに見えてくる。いや、それはちょっと大げさかもしれないけれど、でも本当にタフネスすぎる。

どうして疲れないの？　それとも、疲れているけれど疲れを隠しているの？　スマホってそんなに無理して使うものなのかな？

「みかんちゃん、マジでガラケーにしたんだぁ。うける。後悔してるんじゃゃない？」

職場の先輩にそう言われて、あ、やっぱりスマホをやめることまでしなくてもよかったのではと一瞬思うけれど、でもスマホを無理して使っていたら私はきっと壊れてしまったと思う。血豆を作ってでも投球を続けたピッチャーが肩を壊してもう1球も投げられなくなってしまったように。なんか、多分壊れていたと思う。

何度デジタルデトックスにチャレンジしても、スマホとの距離をうまく取れなかった私だもん。

整形外科にかかるほど首肩が悪くなってしまったかもしれないし、視力をいたずらに弱めてしまっていたかもしれないし、ながらスマホで死んじまっていたかもしれない。そんな私には、やっぱりスマホじゃなくてケータイが合うのだ。

カレーにだって甘口、中辛、辛口がある。チキン、ポーク、ビーフ、キーマ、ココナッツと選べる。コーヒーだって、ブラック、ミルク、カフェラテ、カフェオレ、アメリカン、選択肢があるのに、通信機器だけスマホ一択ってのもおかしい話だ。

スマホ、ケータイ、あと何か……ウェアラブル端末とか、いくつかから好きなものを選ばせてくれりゃあいいのに。

だからこれでよかったのだ。

私は、スマホの奴隷をやめてよかった。

「いやいや、ケータイ楽でいいですよ」

と、先輩に笑ってみせた。

めでたしめでたし。

『スマホの奴隷をやめたくて』　完

……いや、そうなればよかったんだけどね。まだまだ終わらないのがスマホの奴隷の悲しいサガってやつなのよ。

まあ、聞いておくれ。こっからがフルコースのメインディッシュ。やっと血滴るステーキに食らいつける時間だよ。待たせちまったね。

ガラケーからスマホにした時は、３日もしないうちにスマホを手に生やして生まれたようにスマホに慣れた。従順に、鎖や首輪をつけられたのにも気がつかないほどすんなりと、スマホの奴隷として調教された。

けれども、一度スマホに浸ってからケータイに戻ってきた私の心は、そうすんなりとはいかなかった。なんせ私、奴隷だったのだ。いきなり野に放たれて馴染めるわけがない。

スマホをやめて、生活は整った。健やかになったと言える。でも、奴隷として押された烙印《らくいん》は消せなくって、じんじんと疼く。

あんなにスマホ依存が嫌で、スマホを持っていると苦しいから手放したのに……苦しい。

心で思う気持ちを言葉にしてSNSで発信できないと。何かを食べたら、どこかに行ったら、その写真をSNSにあげられないと。

I want 〝いいね！〟

I need 〝いいね！〟

I love 〝いいね！〟

SNSに載せられないならば何を食っても同じだな、どこにも行きたくないな、とすら思う私がいる。

暇への耐性がべらぼうに弱くなっていて、右手が手持ち無沙汰で1分もないエスカレーターに乗っているだけで苛つく。

SNSをチェックしたい、ニュースアプリを眺めたい、動画を見たい！

スマホをやめて楽になった。ケータイにしたことに後悔はない。次に機種変更するとしてもスマホは選ばない。これは本音だ。

でも、そんな私の背後に、二人羽織でもするみたいにぴったりともうひとりの私がいる。それはスマホ依存後遺症の私で、

「スマホを手放したってどうせアンタは奴隷なの♥　ねえ、スマホじゃなくてもSNSは見ようと思えば見られるし、ニュースも動画もゲームだって……できないこと……ないわよね」

と、「ルパ〜ン」と宝石をねだる峰不二子みたいに色っぽく囁《ささや》く。

私が購入したのは、ケータイはケータイでも４Gケータイ。ショップで扱っているのは大体この４Gケータイだ。近年、「ガラケーは近いうちに使われなくなる」と言われているけれど、それは３Gのケータイ（ちなみに一部の古いスマホは３Gだ）の話。

４Gのケータイは〝ガラホ〟とも呼ばれていて、見た目はパカッと折りなのだけれど、回線はスマホと同じ４G。電話やメールの他に、インターネットにも接続できるのだ。

スマホのようにアプリはダウンロードできないけれど（海外のガラホではできるのもある）、ネットに繋がっちまうということは……つまり、まぁ……危険である。

スマホの奴隷という消えない烙印が中二病チックに疼く時、パカリと開けたケータイのホームページへと誘うボタンは、バーで叶姉妹ばりのボディの美女が冴えない中年をナンパするような見え透いたハニートラップ（いや、もしかしたら本当に中年にときめくセクシー美女もいるかもしれんけど）。

電車の中、エスカレーター、目的地まで歩く時、私は1分1秒の暇をスマホ以外でどうあしらうかを忘れてしまっている。お尻に火をつけられてじわじわ低温で炙《あぶ》られているような焦燥感が、暇を感じると襲ってくる。

暇っていうのは穴の空いた船が浸水するように、じわじわと船内に入ってくる。SNSなり、ゲームなり、とにかく暇を忘れさせてくれるようなことでないと、その水はすくって出せない。

「暇」なんて言うと、なんかのんびりしてていい響きだ。「ひ」も「ま」もなんかのんきでゆるい感じがする。それが2つ合わさっているのだから、のほほん2割増しだ。

それなのに、私は暇があると落ち着かない。不安にかられて、動悸と冷や汗すら感じる。

だって、そういうふうにご主人様《スマホ》から仕込まれてしまったのだから。

暇を感じると、ケータイをインターネットに繋ぎ、ＳＮＳを検索エンジンに打ち込んで、ログインしてブックマークをしたい衝動にかられてしまう。ニュースサイトも動画サイトも、見ようと思えば見れちまうのだ。

そもそも、スマホをやめる時にＳＮＳを全てやめればよかった。写真投稿メインの「映え」や「いいね！」が溢れるＳＮＳは、アカウントもアプリも消して機種変更に挑んだけれど、高校生の頃からやっているＳＮＳは学生時代からの友人ともずっと繋がっているから、消すことにためらいが生まれて、結局消せなかった。

ＳＮＳの誰とでも繋がれることと、その反面、簡単に絶縁できることに悩んだけれど、今は、ほうれい線が刻まれても、腰が曲がっても、老眼鏡になっても友達と呼びたい友達もＳＮＳを介して繋がっている。

「またね」と言って毎日顔を合わせていた学生の頃とは違う。大人になってからの友情は、続ける努力をしないとすぐ終わる。そのうちのひとつがＳＮＳなんだとも思う。

ＳＮＳに馴染みのない年代ならそんなこともないだろうし、生まれた時からスマホのある世代なら気にも留めないだろうけど、中途半端な私世代は、厄介だ。

繋がりを求めすぎることは心の負荷だけれど、繋がれないことは心の重荷として寂しさを誘う。だから私はＳＮＳのアカウントを消せていない。

暇の充満した快速電車。みんなスマホを見ている。

やっぱり私も暇に耐えられない。人と繋がっていたい。そんな衝動に突き動かされて、ケータイを開いて辛抱たまらずネットに接続。

せっかくスマホをやめたのに、ケータイでSNSを見てしまった。

画面を見ているると、全身麻酔みたいに何時間が一瞬で、暇を感じずに、なんというか、スッキリした。けれども、後味の悪いスッキリだった。

「あ〜、私何やってるんだ。スマホやめたのに、ケータイでSNSやってたらなんも意味ないじゃんか!!」

馬鹿馬鹿馬鹿馬鹿と、パカッとケータイを開いてブックマークからSNSを見つめて、「30分も経っちゃった」と自己嫌悪に陥るけれど、でも、やめられない。

それに加えて私は、スマホをやめる時にタブレットも購入していた。

本当はタブレットを買うのは、少し怖かった。だって、要はでかいスマホじゃないか。スマホみたいにポケットに入れて取り出せる手軽さはないけれど、でも持ち歩いてしまうんじゃないか。

スマホ依存の次はタブレット依存になる自信満々だった。

そんなことでいばるな、と思うが、こちとらダテに奴隷をしちゃいねえのだ。自分の性格はよく分かっている。

でも我が家にはパソコンがない。何か調べものがあった時、タブレットくらいはあってもいいのではないか、それに就活の時のようにどうしてもアプリが必要になる場面があるかもしれない……という思いで、家でだけ時間を決めて使おうと購入した。

そのはずなのに、魔が差して、ケータイでインターネットに接続したのを境に、タブレットも決めた時間を５分、10分と破り始めてしまう。

それに加えて、つい外に持ち出してしまう。みんながみんな手のひらに頭を垂らして見つめているのに対して、私はタブレットを抱えて指先を動かす。

ちなみに、こうなることは想定済みで、私の所有するタブレットは一番重くてでっかい奴だ。屋根の瓦《かわら》をイメージしてほしい。あんな感じだ。ちょっとした凶器と、コナンくんや金田一少年に疑われるサイズと重さ。

もし依存対象がタブレットになりそうな時、重けりゃ手が痛くて自然と手放すだろうと思ったのだ。ギガとかＡｐｐｌｅとかアンドロイドなんてどうでもよく、

「この中で一番でかくて重いタブレットをください」

と、店員さんに角界のスカウトマンみたいな注文を言った。どすこい。ごっつぁんです。

「でかくて……重い……？　え、ギガは？　メーカーは……？」

と、ぽかんとされたけれど、でっかくて重い奴じゃないと私の弱い心はまた惑わされちゃうと思ったのだ。

そして現実、絶賛惑わされ中だ。

重い。ぶっちゃけ修行？　苦行？　レベルの重みだ。ドラゴンボールで亀の甲羅を背負ってトレーニングしていた悟空とクリリンを思い出す。

ただでさえ金融系営業職1年目の私の荷物は、パンフレットに書類、仕事用のタブレットにクレジットカードを切る端末、お客様へのプレゼントとてんこ盛りで、あまりに重いので体重計に乗せてみたら8・5キロあったのだ。

「忍足さん、スマホ首がひどかったけど、ガラケーにしてちょっと安心してたのに。この荷物じゃ今度は腰痛になっちゃうよ……」

整骨院の整体師さんがそう言うほど重い荷物だというのに、私はいつもそこにタブレットを忍ばせて、暇が襲いかかってくると思わず取り出して電源を入れる。

タブレットなんて買わなきゃよかった。

でも、ネットに繋がらないケータイを買ったとしても、タブレットを買わなかったとしても、ネットカフェのパソコンに飛びついていたかもしれないし、ノートパソコンを買って持ち歩いたかもしれない。

スマホの奴隷。

物理的にスマホをやめちまえばそれは簡単に治るもんだと思っていた。

ズシッーー
何コレ? 修行!?
まるで鉄球

けれどスマホっていう通信機器は、実体を失っても私の心を作り変えているから、ただスマホを手放しゃ、それで、はい終わり、じゃない。

スマホがなくても暇な時間に私は耐えられなくなっているし、手グセで長方形を握る形に勝手に固まるし、特別な体験をしたら自慢したい自己顕示欲がうずうずと疼く。がんだって、手術で取ってからも、体に残っているかもしれないがん細胞を放射線治療で倒したりする場合がある。今の私の心に起きているのは……まさしくそれだ。

スマホをやめる……荒削りな方法で少し楽にはなったけれど、もっと洗練された方法で心のほうも整えていかないと、いつまで経っても私はスマホの奴隷をやめられない。

かくして私は、〝真のスマホの奴隷解放宣言〟に向けて、ケータイとタブレット片手に再びデジタルデトックスに向けて動き始めた。

まずはケータイの中からSNSのブックマークを消す。それからタブレットは最初のルール通り家に置くことにした。けれどもそんな決意新たにした矢先、

「自社制作の健康増進アプリをダウンロードしてもらいます。1人毎月5件。自分は絶対。あと、はじめは家族でも友達でもいいから。それとお客さんには絶対勧めてね。毎月5件ね」

職場の朝礼でまさかのお知らせ。会社が運営する健康情報のアプリをダウンロードしなくてはならなくなった。

アプリ登録時にオフィス名も社員ＩＤも入力するから、これは逃れられん……！

なんてこった……。

でもまあ、ダウンロードしておいてタブレットは家に置いときゃいいんだよな、よしよし。５件知り合いにダウンロードさせるのはちょっと無理かもだけど。

「それと、お客さんに実際にアプリの使い方とか便利さを伝えられたほうがいいから、しっかり使いこなしてね。毎日チェックするから」

えーー!!　それじゃあ、タブレットを家に完全に置いて来られないじゃないか。

タブレットに浮かぶ正方形のアプリを睨みつける。

まったく、大体なんだよ、アプリって……。今じゃあっちに行ってもこっちに行ってもアプリのダウンロードを勧められる。服屋の会計の時も、カラオケの会員登録、あまつさえ先日行った歯医者では、

「診察券は今月から廃止になったので、診察券アプリのダウンロードをお願いします」

と言われて目が点になった。

診察券アプリだって⁉

整骨院やクリニックの診察券をひとまとめにしたケースを落としそうになる。

電子化したほうが事務作業がラクなのかもしれないけれど、でもそれ、スマホに吸い込まなくてよくない？

最近スマホに吸い込まれすぎちゃいないか。子供の頃読んだ『西遊記』の絵本で、名前を呼ばれて返事をすると肉体を吸い込まれてしまうツボを持っている敵の妖怪がいたけれど、あれに似てる。

「オイ、ポイントカード」

「はい」

「オイ、会員カード」

「はーい」

「オイ、診察券」

「はいっ」

と、みんな吸い込まれてしまっている。

「ええ、それって絶対ですか？」

と渋る私と、

「皆さんにお伝えしてます」

と笑うキュートな受付さん。

「……むぅ」

沈黙数秒の後、受付のお局さんらしき人がひょっこり顔を覗かせて、

「どうしてもって人は診察券でも大丈夫ですよ。私もスマホの容量がいっぱいになって嫌だから紙の診察券のままだし」

と言われて事なきを得た。言ってみるもんだなあと思ったが、会社のアプリのこととなるとそうはいかない。

1円も給与には直結しないけれど、アプリをダウンロードしなくちゃいけないいし、アプリを使いこなせないといけない。タブレットを持ち歩かなきゃならない。

スマホの奴隷をやめたいのに、世間がやめさせてくれない。

世間の流れに逆らう私は、なんだかまるでクーデターでも起こす反逆者の気分。でも、別に私、スマホ大嫌い！　この世から1台残らず駆逐してやる！　という進撃の忍足ってわけじゃない。ただスマホに疲れて、ガラケーが好きな私ってだけなんだけどなあ。

好きなもの、使いやすいものを所持していたい。通信機器なんて生活の一部だから、嫌なもの、使いづらいもの、心を蝕《むしば》むものは嫌なのに、些細なことが私のデジタルデトックスの炎に水をかけてくる。

「忍足ちゃん、タブレットじゃ重いし、アプリもやりづらいっしょ」

斜め前のデスクに座る先輩社員は、なぜかいつも私の〝ガラケー〟や〝デジタルデ

トックス〟を小馬鹿にしたようなことを言う。

ケータイに変えてすぐは、

「後悔してるっしょ？　ね！　してるよね」

と、ニマニマといやらしい笑みで。そして、

「ウチの子はＳＮＳとかたくさんやってるよ。若い子がスマホなしで生きていけなくない？」

が、最近の口癖。

前にもこんなことがあった。

スターバックスでブラックコーヒーをすすっていると、傍らに置いてあったケータイがピカッと光った。メッセージが来たのだ。

パカッと開いて、カチカチと物理的なキーボードを押して言葉を返していると、笑い声が耳に飛び込んできた。それはスマイリーな笑みじゃなく、嘲笑《ちょうしょう》のほうね。

声の主は生クリームの飲み物を被写体にシャッターを切り、ひとしきり無言でスマホを見つめたのちに顔を上げたＪＫ。

「見て、ガラケー」

「うそぉ。ウチ、おばあちゃんもスマホなのに」

こういうことはぶっちゃけ多い。

けれど、だから、なんだというんだ。世間が〝違う〟に冷たいのなんて重々承知。

だから私は、嫌な先輩をにっこり一蹴した。

「私はこれが好きなので」

会社のアプリをダウンロードして社員IDを入力し、早々にタブレットの電源を切って鞄に押し込んだ。

これでダウンロード数は1。それでいいでしょ。

ダウンロードのノルマのほうは、まあ……。だって給与直結しないし。使いこもうと、こまなくとも、給与に反映されるわけじゃないし、もう、知らん。

それに、ただの健康情報や歩数計代わりのアプリだけれど、ハマっちまったら困る。

作戦① 電源は切っておく

スマホの時もデジタルデトックスとして電源を切ったり、あえて充電をせずに15パーセントくらいの残り充電で持ち歩いたりしていたけれど、そのせいで本当に大事な連絡を聞き逃してしまったことがあった。

けれど、私のタブレットに来る通知なんて、緊急性がない。たかが知れている。

今返さなくていいSNSの通知、ネットニュースの記事の新着ばかり。本当に大切な職場や身内からの連絡はケータイに来る。タブレットなんてどうせプラスアルファだから、なくても問題ない。

それに、ピッとタップすればすぐにスマホの電源をつけられて、そこからパッとアプリに指先を乗せれば知りたいことが知れて、見たいものがすぐ見られるのが当たり前だった身にとっては、ぐーっと電源ボタンを押してから起動を待つ数分がとても長く感じる。たかが数分なのに、ものすごい手間のように思えた。

つい息をするように、流れるようにタブレットを開いてしまうこともあるけれど、電源を入れてから起動を待つ数分で、スンッ……と垂直落下するみたいに我に返ることができる。

「SNS見たいよねぇ。動画見たいよねぇ。暇だと苦しいし辛いもんね。ちょっとくらいタブレット使ったってバチは当たらないよ。だって、ごらん。周りはみんなスマホの奴隷じゃないか☆　自分がそうだって気づいただけでもすごいし、ガラケーにしたなんて偉いよ！　だからちょっとくらいタブレットを見てもいいじゃないか、ベイビー☆」

という、先ほどまで私の脳から指先に発信されていた悪魔の囁きに対して、

「いやいや、今SNS見なくてもいいだろ。別にタイムライン何も起きてないし。芸能人じゃあるまいし、誰も私が何してるとかどこにいるかとか、興味ないよ？」

と、囁きよりも圧倒的に大きなボリューム、爆音で自分を鎮める時間が、電源オンから起動までの数分。

正直、起動まで時間がかかってよかった。5秒で起動してしまったりしたら、悪魔の囁きに屈して、電車の中、エスカレーター、歩きタブレットで、腕や手首にかかる重量も負荷もおかまいなしになっていたかもしれない。起動を待つ数分の間でどうにか欲を鎮める。

でも、たまにどうしてもその時間で〝欲〟が消えないことがある。

「あー、どうしよう、どうしよう。タブレット見たい、開きたい。1分でいいからぁ」

と心の中で駄々っ子のごとく「本能」が寝っ転がって手足をバタバタさせていて、「理性」が、

「あの、ちょっと、どうします?」

と、冷や汗を飛ばしながら私を見てくる。

そういう時は……屈しない。でも、ちょっと譲歩する。

「私の『理性』、タブレットを見ましょう」

「ええ！　でもそんなことしたら『本能』の思うがままではないですか。ここは自分が『本能』を力づくで抑えます」

「それはダメ」

いいます！」

「どうしてですか。このままじゃせっかくの脱スマホの奴隷計画が失敗になってしまいます！」

「いい？　私の『理性』。私のことだから、今力づくでこの欲を抑えたら、あとで反動が来る」

「反動？」

「今見られなかった分、家でSNSを用もないのに眺めたり、雑学系のYouTubeをぼけーっと暇つぶしに見たりして、気づいたら2時間くらい経っているあの恐ろしい現象に陥ってしまう。それなら今1分だけ見てすぐ電源を切る」

「なるほど、了解」

「行くぞ、突撃《ヤシャスィーン》！」

「理性」との自問自答、終了。

深呼吸をして、私はタブレットを抱きしめる。

あの角までタブレットを見ずに行く。それで、角を曲がったところに喫煙所があるから、その横で1分だけタブレットを見よう。

賑わう街並みを歩くには似合わない神妙な面持ちで、家族連れやサラリーマンとすれ違いながら、私は1歩1歩戦士の顔つきで足を進めた。

その時意識したのは呼吸だ。

なるべく自分じゃない、スマホの奴隷じゃない、スマホといい距離を取れている人になったつもりの息遣いで目的の場所まで行けば、いざタブレットを見た時にも飢えた私にならない。「あと5分だけ見ちゃお〜」と、決意が揺るがないんじゃないかと思った。

これは、峰不二子役でお馴染みの声優、沢城みゆきさんの、

「外を歩く時は、まずは○○のキャラクターの息遣いで歩いて、次の角までは△△のキャラクターの息遣いで歩く、といった役作りの訓練をしています」

という話を声優ヲタクの友達に聞いて、「なんだそれすごすぎる！　脱スマホの奴隷計画にも利用できないか」と思いついたのだ。

峰不二子のようなセクシーボイスは出せないし、学芸会ではいつだって村人Aくらいの役しかやったことがない演技力だけれど、「タブレットを見る」と決めてから、「タブレットを見る場所までは演じるのよ。スマホもタブレットも大して意識していない人を……。見ていて、私の紫のバラのひと……！　私、女優になります！」

そう思うと、タブレットを見ると決めた喫煙所に着いて、ケータイで1分タイマーをセットしていざタブレットを開いても、ピピピッと1分を告げる音よりも前に、平面の世界から現実に帰ってこられる。あれだけ見たい見たいと思っていたSNSも、

「なんだ、こんなもんか」

と思える。

それに、喫煙所の横だと煙くてそう長居はできない。タブレットをしまってそそくさと退散する。

この作戦は案外楽しくなってきてしまって、いろいろなタイミングで行った。

赤信号を待ちながら、

「この間だけ、タブレット、我慢するわよ、ウッフン♥」

エスカレーターに乗りつつ、

「よぉーし！　降りるまで、我慢するぞ!!　脱スマホ王に俺はなる！」

と、あらゆるキャラクターになり、演じるキャラクターにいろいろ設定を後付けしたりもした。

演技なんてロクにできないシャイな私だけど、おそらく〝スマホに関心のない人〟の演技をさせたら、日本アカデミー賞を受賞できるだろう。月影先生もびっくりだ。

意識的に「待つ」「耐えてみる」っていうのは意外といい。怒りのコントロールであるアンガーマネジメントの中に、腹が立っても6秒やり過ごせば怒りのピークは過ぎるという「6秒ルール」がある。それにならって、「SNS見たい！」という欲求がカッと湧き出ても、心の中でゆっくり「1、2、3、4、5、6」と数えてみる。そうすると、少し欲が収まることがあるのだ。待てた回数が増えるごとに自信にもなった。

作戦②　「今日はスマホ触らないぞ」と口に出してみる

社会人1年目の慌ただしい日々と並行して、脱スマホの奴隷計画は進行していた。その日々は、かなり気を張っていた。電子機器を断つっていうのはこんなにもエネルギーを使うんだと、びっくりする。

スマホ疲れの日々は、毎日自分が泥になるほど無意識的に疲れていて、生命力をスマホに吸い取られていたけれど、脱スマホの日々は、なんというか修行という言葉がしっくりくる。

お坊さんの修行をしたことはないけれど、でも、欲を断ったり精進料理を食べたりするイメージと、今必死になって自分を戒《いまし》めている姿は、ちょっと近いと思う。でも、出家したわけでもなければ、頭を丸めてもいない私の気は……たまに、緩む。

誘惑に負けてしまうことが多いのは、寝起き。目が覚めるのとスマホをつけるのが、ワンセットになってしまっていた。

寝室にはタブレットを持ち込まないようにしようと、リビングに置いているけれど、目覚めて寝ぼけ眼でのそのそリビングに出てきてタブレットを開いてしまう。

起動までの数分、いつもなら理性を取り戻すまでの時間だけれど、うとうとぼんやりまどろんで、目が覚めてきた頃合いでバッチリ電源がついていやがる!!　ちょっとだけのつもりが、画面の前に居座っている私がいる。

このままじゃ、いけない。でも、どうしたらいいんだ。私は誘惑に弱い。自分に甘い。アメリカ製の砂糖たっぷりのクソ甘い菓子並みに甘い。

うーん、とりあえず叫ぶことにした。

決意はなるべく口に出したほうがいい。悩んでいる人が誰かに相談して心が少し楽になるように、口に出すと心の中が整理される。

朝、目覚めてリビングに踏み込んだ瞬間、

「タブレット、見ないぞ!!」

と叫んだ。

声に出すと決意実行できる気がする。意気揚々と宣言しておいて、有言不実行だと格好悪いもの。

私は自己肯定感が低いクセに見栄っ張りなもんで、口に出したことを覆したくない。タブレットに伸びそうになる手をぐっと堪えられた。

明くる日も、また明くる日も、それで自制することができたので、調子に乗って3日目からは歌い始めた。ミュージカルの開演である。

マンションの一室は劇場に変わり、私はスマホの奴隷からミュージカルスターへと変わる。

特に、『エリザベート』という名作ミュージカルの中に、『最後のダンス』という曲があるのだが、そのサビの「最後のダンスは俺のもの、最後に勝つのはこの俺さぁ」という歌詞を、「スマホの奴隷をやめたくて、スマホを断つのはこの俺さぁぁ」と替え歌にして、オリジナルの振り付きで踊った。

朝から、それもシラフでありながら、5、6杯は酒を引っ掛けたテンションで。

上の階、下の階、お隣さんにはごめんなさい。

でも、歌っていないとタブレットを開いてしまいそうになる。

もはや強迫観念的にリズムを刻んで、ステップを踏みながら朝食を作り、ケータイを開いて職場からの連絡をチェックしてすぐに閉じ、映えない卵かけご飯を食べ始める時に、ようやく歌は終わる。閉幕。

一見、すごく馬鹿らしいし、アホだなとも思うけれど、大真面目。

けれど、これを毎日一生続けていくわけにはいかない。もっともっと私の衝動を抑えなくちゃ。

みんながスマホを凝視する姿を眺める通勤電車。人が密集しているところだと、タブレットは誰かの背中に当たって邪魔になるから出さなくて済む。心が穏やかになる。

その心持ちのままぼんやり外を眺めたり、目を閉じたりしてみる。

仕事は嫌だけれど、この混んでいる時間帯の通勤電車は気を張らなくても自然と画面を見なくて済む貴重な時間。ずっと通勤電車ならいいのにと思う。

作戦③　SNSに載せる前にノートに書く

職場に着いても、みんながスマホを見ている。

私の両親はデジタルに弱かったり、使いたがらないけれど、両親と同世代の先輩社員は、SNSを見ていたり、スマホゲームに夢中だったりしている。

それより上のお局様方もガラケーと2台持ちで、せっせせっせと「スマホの使い方」的な本を片手に、スマホの勉強。1人5件のアプリダウンロードのノルマに向けて、使い方を事細かにメモしている。

その傍らで、20代の私はいかにスマホを見ずに心穏やかに過ごせるかを模索している。

なんともあべこべだけれど、でもこの計画は止まるわけにはいかない。逃げちゃダメだ、逃げちゃダメだ。不安になって、ついグチをこぼしたくなる。

前までは、心がもやつくと、私は指先でグチを言っていた。
でも今は……
《どうやったらスマホの奴隷をやめられるんだろう(•x•)もうスマホがない時代に生まれたかったんだが……》
《SNSは便利だけど、文通全盛の昭和がたまに羨ましくなる。ちびまる子ちゃんの漫画を読むと特にね(>_<)》
《職場でアプリのダウンロードのノルマがあるんだけれど、ぶっちゃけなんだそれってかんじ(・x・)数が必要なのは分かるけど》
ツイートをしているようだけれど、実はこれは１００円ショップで買ったミニサイズの大学ノートに、心に浮かぶ言葉を書いているアナログつぶやき。
今まではなんでもかんでも、「おなかすいた」「ねむい」「今日のごはん」と発信していたけれど、今はノートに書いてワンクッション置く。
まだSNSのアカウントはあって、そこで発信することもあるけれど、でもその前にこのアナログつぶやきノートで寝かせる。私の肉筆。1週間はすやすやおねんねしていただく。ぼうや〜よいこだねんねしろ。
ぐっすりことこと深い眠りについたのを見計らって、1週間後、揺り起こして書いたものを見返すと、8割はくだらない。わざわざ全世界に発信するようなことではなく、どうでもいいものばかり。残りの2割をさらにふるいにかけて投稿する。

今すぐ発信したいという気持ちは、ノートの文字でいいから、可視化するだけで落ち着く。

可視化。これって結構デジタルデトックスには効果的。

大学生の頃、よく「可視化するのがいい」と、なんか横文字のかっこいい感じの授業で先生に言われて、その時は「ほぉー……百聞は一見に如《し》かずって言葉もあるくらいだしな」くらいにしか思ってなかったけれど、脱スマホ計画に挑み始めてから痛感した。

作戦④　電源を切った時間を可視化する

可視化つながりでもうひとつ。

アナログつぶやきノートだけじゃなく、仕事の予定が詰まった手帳と家のカレンダーには、ここのところ「19：05」とか「20：02」といった数字が書かれている。これは、夜何時にタブレットの電源を切ったのかのメモ。昨日より1分でも早く切るというのが私の課題《ミッション》。これが結構ハマってる。

私って、小学生の頃、夏休みの朝のラジオ体操で押してもらえるスタンプが嬉しくて、毎日眠い目をこすり、口を開けながらもラジオ体操に通っていた子供だった。今でも商店街の唐揚げ屋さんのスタンプカードを足繁く通って溜めているし、目に見えて分かるものって、分かりやすくて合っている。

毎日１分でもいいから繰り上げて、最終的には18時以降はオフに統一したいところ。いわば頑固オヤジの門限だ。18時というのはなんとなくのイメージ。ほら、18時以降に食べたら太る！　っていうし。

見える化って効くんだよね。

オフィスを見回すと、壁いっぱい、そして天井からも吊るされた営業目標とその達成率。今月の営業成績でこれでもかというほど埋め尽くされている。スマホの電源を切る時間を書こうと思ったきっかけは、まさしくこれ。

ノルマ達成できていないことを上司にどやされ、

「はー、やれやれ、どこに営業をかけようか……」

と思いつつ、いや待て、これって脱スマホの奴隷計画に使えるじゃん！　と思ったのがきっかけだ。

作戦⑤　嫌いな画像を待ち受けにする

「きゃー!!　ゴキブリ!!」

嫌な単語の絶叫が耳をつんざく。

オフィスの壁、もはや本来の壁紙が見えないほどノルマだなんだが貼られた壁を、単語1つで私の肌を粟《あわ》立たせる黒い虫がひょこひょこ這っている。

オフィスは女性しかいないので、

「あー！」

「ぎゃー！」

と、あちこちで悲鳴が上がり、地獄絵図と化している。

主婦歴25年のベテラン社員が、

「なっさけないわねぇ」

と、丸めた新聞紙の一撃を食らわせ、奴は天に召された。

ベテラン社員はフンッという鼻息を飛ばして、床に落ちたその骸《むくろ》をティッシュで包んでゴミ箱に捨てた。

「あーあ、この掲示、汚れちゃったね」

名前を出すのも嫌な黒い虫が仕留められた壁の掲示は、虫の残骸で汚れちまってる。

うぅ、グロテスク。

「忍足、これと同じ掲示あるから貼り替えといてよ」

「うへぇ、無理です」

「なんでよ。ゴキブリはもういないでしょうが！」

「その名前言わないでくださいー。単語ですら無理なんです。潰れた液体のついてる紙なんて触れませーん」

名前すら呼べない私は、その虫のことを「G」と隠語で呼んでるし、名作『限りなく透明に近いブルー』も、序盤にGを殺すシーンがあるせいで読めなかった。

白旗をブンブン振ると、ベテラン社員は、

「仕方ないなぁ。そんなじゃ将来苦労すっからね！　じゃあ、新しい掲示だけでも持ってきて。支社からのファックスの中にあるから」

と、ぶつぶつ小言を漏らしつつ、ぐちゃっと潰れた黒のついた掲示の画鋲《がびょう》を外す。

「すみません……。えーっと、ファックス、ファックス」

上司の机の横にある紙の束を探しながら、私はひらめく。

見たいのに我慢するんじゃなくて、見たくないと思えたら楽だなぁ、と思ったのだ。

私にとって一番見たくないものは……、『ハリー・ポッター』の宿敵ヴォルデモートのように、名前を呼ぶのもはばかられるあの黒い虫。

これをシールにしてタブレットに貼る？　いや、ぁ！　そうだ。待ち受けにしよう!!

今、タブレットの待ち受けは初期設定のままだけれど、あの黒い虫にしよう。できたら1匹じゃなく、何匹かいると……いい。いや、よくはないし、キモすぎMAXだけれど、脱スマホ計画にこんな強い秘密兵器はないぞ!!

営業という名のティッシュ配りを終えた私は、昼休み、コンビニで買ったおにぎりを頬張ると、タブレットの電源を入れた。

いざ、秘密兵器の導入だ。

文字を打つのも嫌な虫の名前を打ち込む。

《ゴキブリ　画像》

いやぁ、それにしてもなんでゴキブリという名前なんだろう。言葉のインパクトが強すぎる。どうして濁音が2つもあるんだろう。もっと「ポニュニュン」みたいなかわいい名前ならいいのに。いや、名前がなんであろうと、黒くてツヤツヤで触角ピーンなあの虫は無理だ。

そんなことを思っていると、検索ボタンが押せない。不意にあの虫が出てくるだけでも「あひゃー！」と間抜けに叫んで慌てふためいてしまうのに、私は今、自らその虫を見ようとしている。

見るぞ！　出てくるぞ！　腹はくくれるけれど、覚悟が決まったところで、あの虫がうぐいす色や桃色になったりするわけでもない。

けれど、これも脱スマホの奴隷計画のためだ。ぐっと拳を1回握って、検索ボタンを押す。

例の虫の画像が並んだ。3次元ではなく2次元、すなわち平面だというのに、こんなに心をざわつかせられるとは、なんて罪な生き物なんだろう。

直視できず、薄目を剥き、目を逸らしてしまう。

「うっ、わー……」

気持ち悪い。怖い。うへぇ。

いや、でも、これを待ち受けにしたらタブレットなんて見たくなくなる。こ、こいつはいいぞ。

1匹だけじゃなく、何匹もいる画像にしよう。1匹でも卒倒しそうになる私だ。それが×2、×3、×4、×5と増えたら、タブレットを開くだけで泡を噴いて倒れてしまう。タブレットを投げ飛ばしてしまいたくなる。

《ゴキブリ　大群　画像》

検索。ポチッとな。

うぎゃーーーー!!　こいつは刺激が強すぎる。R指定にするべきだ。心臓の弱い人は見たらアカンやつ。でも、脱スマホの奴隷計画にはもってこいじゃないか。

ダウンロードしてすぐさま待ち受けにする。

ああ……なんかもう、電源ボタン押したくねぇな。ボタン1つでこんなおぞましいものが出てくるなんて。そんなもの持ち歩きたくねぇな、と、なんかやけっぱちな気分。

SNSやらゲームやらニュースといった、脳にキラキラ輝きと刺激を与えるアプリにたどり着く前にこのワンクッションを立てられたことは大きいぞ。

指先1つでポンと簡単すぎるくらい簡単に、暇を埋めて、快楽も愉楽も悦楽も与えられているけれど、あまり簡単に手にできてもねぇ。

ゴキブリの画像を乗り越えてでも見たいと強く思えるのならば、見てもいいかもしれないけど、ゴキブリの集合体に耐えてまで見たいものなんて大してない。そんな思いをしてまで暇を潰したくないなと気づく。

でも、喉元過ぎれば熱さを忘れるという言葉があるように、今は電源を入れるだけで「みぎゃあ!」と叫びだしてしまいそうになる虫どもにも、そのうち慣れてしまうかもしれない。

私は保険をかけて、ホラー映画『リング』の「貞子」や、『呪怨』に出てくる男の子、『地獄先生ぬ～べ～』の怖いシーンの画像もダウンロードしておいた。私はこの手のホラーものにもめっぽう弱いのだ。

同世代がBTSやジャニーズといった推しの画像やかわいいペットを待ち受けにし

ている一方で、私は、ゴキブリ、貞子、呪怨、ぬ〜べ〜でローテーションを組むことにしたのだ。

作戦⑥　アメとムチを自分に与える

ある日のオフィス。

「忍足まだ⁉」

「はーい！　ただいま！　あったあった、これだな」

掲示を引っ張り出してまじまじと見る。それには、今月の施策が書かれていた。

施策っていうのは、いわゆるアメとムチのこと。

今月の営業成績が〇〇万円以上の人には高級イチゴ3パックプレゼントとか、大きいものだと1泊で高級旅館宿泊や銀座高級寿司、高級焼き肉ご招待なんていうのもある。もちろん私は行ったことがない。オフィスの中でもスーパー営業の1人か2人しか行けない。

今月も未達成の私にアメはもらえそうにないけれど……でも待てよ。これって使えるかもしれないぞ。

「忍足〜‼」

「あ、は、はーい!!」

営業の仕事はアメとムチで成り立っている。

営業成績の良い人に与えられるアメは、前述の通り、高級旅館や高級寿司にご招待。

その反面、固定の給与があるのは2年目までで、3年目を越えると完全に歩合制。

先輩社員の中には、思うように契約が取れず、副業している人もいるという噂だ。ムチはこの給与のこと。

アメは欲しい。ムチは怖い。

古典的だけれども、こいつは使える。

その日、昼食と一緒に買ったのは、黒糖のまぶされたアーモンド。私の好物。そしてもう1つはチューブ入りのパクチー。私の苦手な食べ物。

タブレットを見たいって気持ちがこみ上げてきたけど耐えられたら、黒糖アーモンドを1粒食べる。耐えられなかったらパクチーのチューブを咥《くわ》えて吸う!!

芸をこなすとエサをもらえる犬、イノシシ除《よ》けの電流が走る鉄柵。まさしくあのスタンスで。スマホの奴隷の私はもれなく獣なので、獣に倣うのがいい。ワンワン。

「あ、またタブレット見ちゃった」

ぱくっ、すぅー。

「ぐえーっ」

ヒィィー
試練
G
貞子
パクチー
それでも見ちゃったら…

時にパクチーのチューブを、またある時はもう1つの苦手な食材プチトマトを。私は自分で自分を調教している。セルフ調教。まあ、なんというエロティックな字面でしょう。

パクチーの青臭さや、プチトマトのあの口内で爆発して溢れかえるえぐみにのたうち回っている姿は、はたから見るとアホみたいだけれど、本気だった。

*

ある時、そんな本気な私に追い打ちをかけることが2つ。

「ねえ、知ってる？　ガラケーって使えなくなるらしいじゃん」

それは友人の些細な一言だった。

「使えなくなるって、そんな」

「本当だって。ニュースでやってた。3Gっていうのが、何年かしたら終わるって」

「……え？」

その一報に、血の気がサァッと引いた。自分が海になったように、血が引いていくのが分かった。

家に帰って調べるとマジだった。A社は2022年3月末、S社は2024年1月下旬、Ｄ社は２０２６年3月末で３Ｇ回線を使っているガラケー（と一部の古いスマホ）は電波が停波してしまうという。

まだ先のように思えるけれど、きっとそんなのすぐだ。私だってちょっと前、感覚的には一昨年くらい前までＪＫだったけど、もう20代半ばだ。３Ｇが終わるのはきっとすぐ。

私が使っているケータイは４Ｇだから一命はとりとめたけれど、両親のケータイは３Ｇだから、４Ｇのケータイに買い換えなくちゃ。

営業でお年寄りの多い地域に行くことが多いけれど、まだ3Ｇケータイを使っている人が多い。10年、15年同じガラケーを使っていて、３Ｇが停波することを知らない人もいる。

３Ｇが使えなくなるっていうことは、いきなり外の世界との繋がりが絶たれるってことだ。世界と繋がっている糸のうちの1本が、自分の意図せずにぶった切られる。

ケータイに愛おしさを感じるようになった私は、打ちひしがれた。

営業で行った先で3Ｇケータイを使っていて、

「スマホにしなきゃいけないかしらねぇ。使えないと思うけど」

と言う人がいたら、

「４Ｇのケータイもありますよ！　私も持ってます！」

と、一体お前はなんの営業をしに来たんだというトークをしていた私。その気分は、絶滅危惧種を守る活動に勤《いそ》しむ保護職員である。

そして3Gのニュースに加えてもう1つ。

両親の3Gケータイは無事に4Gにできたけれど、祖母の使っているお年寄り向けケータイは、ショップに在庫がなかったのだ。

「じゃあ、取り寄せれば……」

「いつ入荷するか分かりませんし、このタイプのものは入荷しないかもしれません。ウチではちょっと難しい。大型家電量販店ならあるかもしれませんが。それより、シニア向けのスマホもありますよ」

いやいやいやいや、ガラケーのメールですら1文に20分近くかかる祖母がそんなもの必要とするわけない。

それに、1ヶ月に1度行く病院の診察が終わったと電話するくらいしかケータイを使用しないアラウンドエイティ。需要と供給が一致しとらん。「お腹空いてない」と言う人に対して、大盛りの牛丼を配膳するようなカロリーオーバー。本人も、「そんなの使えない」と困り顔。

結局、隣町の大型家電量販店で新品のシニア向けのケータイを買うことができた。

けれど店内は、

「3Gケータイは使えなくなります。スマホにしましょう」

「ガラケーと同じ値段でスマホが持てます」

「らくらくスマホ教室」

の文言が並ぶ。

怖い。ホラーとは一味違ったぞわっとする怖さ。

欲しいと思っていても、いずれケータイが買えなくなる日が来てしまうかもしれない。2年後も、4年後も、私はケータイがいいのに、購入できなくなったらどうしよう。

スマホからケータイにした時、「一足お先に、依存からいち抜けた」気でいたけれど、私は二足も三足も先に行っていたらしく、脱スマホの奴隷計画はまだ少数派。

3Gユーザーであった両親の元に、「4Gケータイという選択肢もある」、ということは一言も書かれていない、「3Gが停波しちゃうからスマホにしなよ」という手紙が届いた。

中には、ガラケーの機能を少しずつ終了させてスマホ移行を促しているところもあるという。やだな。どうしてスマホ一択なんだろう。

当然だけど、見渡す限りスマホ。ヨーカドーやダイエーの入り口では、ケータイ会社の人がテーブルを広げて「まだガラケーの人へ」というのぼりを立てて、スマホの格安プランを勧めてくる。

被害妄想だと自覚はあるけれど、ゴキブリを待ち受けにして、パクチーのチューブを吸ってまで脱スマホの奴隷に励む自分を、小馬鹿にされたような気分。

アルコール依存の人が入院して、ようやく依存を克服して帰ってきたら、世界中の水分という水分にアルコールが含まれていた、水道から日本酒、ファミレスで出されるお冷やはビール、米を研《と》ぐのはリキュールみたいな、生きづらさ。

やけっぱちになって、自分に課したルールを全て破っちまえと、スタバで久しぶりに新作のフラペチーノを買ってカメラに収めて、即ＳＮＳの海に投げた。暇を潰そうと、ニュースアプリと漫画アプリを眺めた。

店に備え付けられた鏡で、そんな自分を見つめる。

タブレットがでかすぎるという点以外は現代人合格。誰もが頭を垂れて画面を見つめる背景には、よく合っていた。

けれども、改めてスマホの奴隷の自分の姿を見ると、ゾッとする。丸まった背筋に垂れた頭、「何をそんなに必死になってるの？」と言いたくなる。

そして、この自分が好きかどうか問われたら、大嫌いだった。久しぶりに飲むフラペチーノは甘すぎて胸が焼けそうだし、久しぶりに長時間受けるブルーライトに目がチカチカする。

３Ｇは停波するかもしれない。でも私は、ケータイが好き。

絶滅の波が押し寄せてくるかもしれない。でも私は、ケータイが好き。

「時代遅れ」と笑われるかもしれない。でも私は、ケータイが好き。

だからケータイを所有するし、し続けたい。

５Ｇ？　ＡＩ？　これからの未来は分からない。

５年後、10年後はスマホじゃないもの……未来的な眼鏡をかけると視界に文字が浮かぶものが主流になるかもしれないし、ドラえもんの映画に出てくるようなＳＦめいた腕時計端末から空間に映像が投影されるようなものが多数派になるかもしれない。分からない。

「まだガラケーパカパカやってんの？　だっさ」と笑う人がいるみたいに、「まだスマホ握って歩いてんの？　だっさ」と笑う時代になるかもしれない。

そうやって時代が変わった時、スマホの奴隷のままの私だと後悔しそう……いや、する。時代に自分をいたずらにすり減らされるよりも、自分らしく抗っていたい。

不安は、ある。

もしも本当にケータイが絶滅させられそうになった時、私には守る力がないからだ。

そういう時は、私が宇多田ヒカルだったらいいのにと思う。あれだけ影響力のある人ならば、「私はガラケーが好き」と一言ツイートすれば、ＲＴといいねがすぐ５ケタは来て、やっぱりガラケーってよかったよね、使いやすかったよね、と湧いて、絶滅どころか再ブームを起こせるだろう。そしてガラケーを題材にした新曲をリリースするのだ。

けれども、あいにく私は宇多田ヒカルじゃない。『Ａｕｔｏｍａｔｉｃ』をあんなキレイな高音で歌い上げられない。たった一言の言葉のパワーもない。だから好きなものが少数派な私は、常に不安だ。

たかが通信機器のことだけれど、スマホへの移行を促すヨーカドーの片隅の特設スペースや、「アプリお持ちですか」と言われるお会計に、心臓をキュッと摑まれる。けれど、名前も知らない人に笑われたり、ケータイを購入するのに隣町まで行かざるを得なかったことくらいで、自分を変えたくもない。不安と同じくらい、自分らしくありたい気持ちも大きい。

スマホにしたままデジタルデトックスをしていた時は、その不安にやられて毒を抜ききれなかったけれど、でも今、私の手の中にはスマホはなくて、ケータイがある。

スマホをやめることなんてなかったんじゃないか、スマホのままデジタルデトックスしてる人もいるとよく言われるけれど、でもこのケータイは私にとって、目に見えて手で触れられる覚悟だ。

お酒やタバコの依存と違って、命に関わらないし、たかが通信機器だけど、されど通信機器。もう道具の域を出て、みんな体の一部。

そんな人間を侵食しているものに、「たかが」なんて、過小評価も甚《はなは》だしい。ので、そこんとこヨロシク。

揺らがない、負けないぞ。時代に消費されて、多数派に磨耗《まもう》なんてされてたまるか。ながらスマホの人で構成された人混みを、逆らうように歩きながら、ぐっと唇を噛み締めた。

第5章 25歳・スマホの奴隷を、やめました。

スマホをやめるという、荒業からスタートした脱スマホの奴隷計画は、自己流ルールというヤスリで形を整えてきた。

1年が過ぎる頃には、あれだけ恐ろしかった〝暇〟というものが、実はいいものだと分かるようになってきた。

スマホの奴隷だった頃、〝暇〟というのはゴボゴボと苦しく溺れているような感じがした。

何もすることがないと、少しずつ酸素が薄くなって、息がしづらくなって、苦しくてやがて死が迫ってくるかのように感じる焦燥感。だから、暇に殺されないようにスマホで暇を殺した。

梱包材のプチプチを指先で潰すように、1分、1秒の暇も恐れて、画面を見ることで潰したけれど、暇は別に敵じゃあなかったのだ。

強面《こわもて》に見えて実はバラエティでお茶目な姿を見せる俳優の遠藤憲一さんのように、

最初、「わっ、怖っ」と身構えても、じわじわと知るにつれて、「なんだ、いい奴じゃん」となるあの感じ。ギャップ萌えとでもいうのだろうか、アレだ。

　なんの急用があるのか、せわしなく指先を動かし、頭を垂れた人が詰まった山手線で、私は窓の外をぼんやり眺める。箸もフォークもないけれど、暇を味わっている。ソムリエに近いかもしれない。

　何も考えなくていい。頭を空っぽにして、ただ外を見ているだけ。最近私はこの時間が一番好きだ。手持ち無沙汰な不安感はあるけれど、1駅分だけでもぼんやりすることで、奴隷だった時間が精算される気がする。

　眺めるだけじゃなくて、ルールを決めて、たまに遊ぶ。例えば、「青いものを5個見つける」とか、「一番遠いところを見つめる」とか。外を歩く時もよくそんなことをする。スマホゲームやSNSに比べたら刺激は少ないし、原始的ではあるけれど、意外と面白い。

　タブレットやケータイに手を伸ばす代わりに、頭の中は〝暇〟をエネルギーに、発展している。

　ひとり腕組み、窓の外を眺めつつ、頭の中では自分による自分のためのラジオ局を開設して、

「はい、忍足ラジオ、スタートしました！　今日のお便りは東京都の忍足さんから。

今日、上司からドジって言われたんだけれど……」と、1日起きたことを思い返して消化してみたり。

もちろん脳内ラジオなのでマイクもいらないし、誰が聞くこともないけれど、それで少し心が整う。それでも整わなければ……友達をお茶にでも誘えばいい。

SNSの「いいね」にこだわるのをやめて気づいたのは、100の〝いいね！〟よりも、1人誰かに会うほうが価値があるってこと。

誰かに会うには、「いつがひま？」「どこで会う？」とやりとりして約束を取り付けて、交通費を払って、ようやく会える。

これってけっこう貴重だ。SNSで〝友達〟だからって、それにかまけて安心して何年も会わない人もいた。

SNSの発信だけ見て、「今、〇〇してるのかぁ」と、会った気になっていたけれど、いざ顔を突き合わせて会ってしゃべったほうが、何倍も濃い時間を過ごせる。

〝暇〟を味わうために並行して行っているのは〝摘出〟だ。

第4章で、スマホって『西遊記』に出てくる返事をしたら吸い込まれちゃうツボを持つ妖怪みたいって書いたけれど、今私は吸い込まれちまったものを摘出している。

例えば、アプリで音楽をサブスクで聞くのが今の主流だというのは分かっているけれど、私の最近のお気に入りはCDとカセットテープ。

実は高校生の頃、みんながiPodなどの携帯音楽プレーヤーでAKB48や嵐を聴く傍らで、私はカセットテープの形そのものがかわいくて好きで、1人CDをカセットにダビングして使っていた。今はそれを引っ張り出してきて、米津玄師や乃木坂46のCDをテープにダビングして聴いている。レコードが最近再ブームと聞くけれど、その理由もよく分かる。

私は気に入ったCDは購入して本棚の一角に並べている。画面に浮かぶCDジャケットの画像ではなく、指先ひとつで聞けるメロディではなく、手にとって所有するという、不思議かつ絶対的な安心感がある。そして手間をかけても聞きたいという愛みたいなものがある。

夕暮れ時に、CDから流れる歌声に合わせて、覚えきれていない歌をハミング交じりに口ずさむ瞬間が好き。

この1文を書いている今も、我が家のCDプレイヤーはくるくると周り、部屋の中をエレファントカシマシの力強くもあり透き通るような歌声が満たしている。先日買ったベスト盤のアルバムだ。

動画配信で安く映画やドラマが見放題なのは分かっているけれど、私が愛して止まず週7で通っているのは、近所のTSUTAYA。

動画配信アプリでは見たいものを打ち込めばどこでもすぐに見られるけれど、私は見たいものを探すのに店内をウロウロしたい。それだけで楽しい。DVDの背を眺めて、「このタイトルおもしろそう」とか、色褪《あ》せて読みづらくなっているタイトルを「これ、なんだ?」とか、店員さんの作ったポップを読んで始まる新しい出会いもとても好きだ。

ちなみに最近だと、「なんつータイトルだ」とツッコミつつ思わず手にとってしまったのは、松山ケンイチさんの『人のセックスを笑うな』である。タイトルのわりに素敵な恋愛ドラマで、自分の見ないジャンルだけど、よかった。

スマホやタブレットなら、音楽や動画に手軽に触れられる。それはとても便利だし、コンテンツをより身近に感じられる。でも私はそれはしない。あえて少なくしているギガも減ってしまうしね(私は家にWiFiを置かないことにしている)。

時間を無駄にしている、効率的じゃない、と言われるかもしれないけれど、別にそこまで生き急がなくてもいいと思う。

便利すぎるより、少し不便で手間のかかるほうでいい。

本も、そう。電子書籍で絶版の本が読めたり、小学生の頃読んでいて単行本を持っていたけれど引越しで行方知れずになっていた漫画が電子版で読めると聞いて「いいなぁ」とも思うけれど、でもやっぱり、紙の本が好き。

〝紙〟の本って言い方がちょっと引っかかるくらい、紙の本が好き。

ＴＳＵＴＡＹＡ同様に、書店で本の背表紙を見ながらぐるぐる店内を回遊するのは、『サウンド・オブ・ミュージック』の主人公にでもなったような清々しさがあっていい。

それに、定額制で見られる動画配信やアプリで読める漫画は、大体安さとか無料を売りにしている。1日1話無料とか、アプリ内で広告動画を見たらポイントがもらえてそれで読めるとか。1話何十円とか、紙の本を買うより安いとか。かつてはそれが良かったけれど、今はなんか申し訳なくなってしまう。

言い方が少し変かもしれないけれど、コンテンツに〝金を払いたい〟のだ。

星野源さんが、

「良いものと引き換えにお金を払う。それはとても人間的で素敵な行為だと思う」と言っているのだけれど、それに共感。赤べこのごとくこくこくと頷いちゃう。

近所のＴＳＵＴＡＹＡのＤＶＤは7泊220円。配信なら1作の単価はもっと安いだろうし、YouTubeで面白い動画や同じ作品を扱う違法スレスレのファスト動画が、無料で散らばっている。でも、いいものがあったら自分の食事代を少し削ってでも払いたい。

別に私はお金持ちではないけれど、感動したり、面白いと思ったら、それに見合った対価を払いたい。安いのもお得なのも大好きだけれど、漫画や音楽、映画というコンテンツはケチりたくない。

「すごいですね」「いいですね」といくらでも感想を口にできるけど、お金という対価は、生々しいかもしれないが、ストレートに感動を伝えられる。それが好きだ。

あれこれ平面世界に吸い込まれてはいるけれど、人間はあいにく3次元を生きている。2次元との外交は開通していないし、これからも平面には入れないだろう。

3次元を生きている私は、触れられるもの、手に重みを感じるものがなんか合うのだ。所有欲というか、コレクション欲というか、そんなものを満たしてくれる。

画面に吸い込まれたものは、なんとなく頼りなく感じてしまう。だって、端末が壊れたら終わりだし。

外出中の〝暇〟は本や外を見ること、家での〝暇〟はＤＶＤやＣＤを流したりすることで上手に付き合っている。

〝暇〟を味わってうまく付き合っていくのはなんだか懐かしくもあった。

それは、ガラケーだった高校生の頃の通学中に似ていた。

私はバス通学だった。当時もガラケーでＴｗｉｔｔｅｒやブログやニュースサイトはあったけれど、私の学校には「防犯や安全のため、携帯電話を持ってきてもいいが、登下校中は使ってはいけない」というルールがあって、先生がいつ乗ってくるか分からない学校行きのバスに揺られる20～30分は、暇を余儀なくされた。

ビクビクしながらこっそり鞄の中でケータイをいじったり、バレようが知ったこっちゃねえとケータイを出す人もいたけれど、一度バレて反省文を書いたことのある私は、さすがに二度目はマズイと、バスの中ではいい子にしようと思っていた。

けれど、〝暇〟を飼いならすのは難しい。友達でもいたら20～30分は体感3分なのだが、1人の時は5時間くらいに感じる。

その時も、暇を埋めたのは本や音楽だった。

三半規管の強い私は、よくバスの一番前にある高めの椅子に座って本を読んだ。本を区切りがいいところまで読むと、音楽を聴きながら外を眺めた。

車窓は毎日変わらない。畑、神社、住宅街、公民館、地味な景色の中にいきなり現れるマクドナルド。でもそれをぼーっと見ているだけで、なんか面白かった。

車窓は同じだけれど、いる人は毎日違って、幼稚園バスに乗り遅れそうなのか子供の手を引いてサイレントでも怒っているのが分かるお母さん、犬のフンを拾わずに知らん顔で行ってしまう金髪のチャラ男とチワワ、手を繋いで登校するませた赤と黒のランドセル。

窓の外のありありとした物語みたいな誰かの人生の一片を、まるで神様にでもなったみたいに、冬は暖かく、夏は涼しく、心地よく揺れる中から見られて、暇を楽しんでいた。

スマホからガラケーに帰ってきたばかりの頃は、スマホを持っていない頃の自分が思い出せなかったけれど、今では昨日のことのように、なんなら数時間前のことのように思い出せる。昨日の夕食はちょっとあやふやなのに。

それから、もう1つスマホから摘出したものがある。カメラだ。

私はスマホをやめた頃からデジタルカメラを購入して持ち歩いている。

私の性格的に、おいしいものを食べたり友達と遊んだことを全くカメラに残せないのは……できない。友達の中には、

「カメラなんて全然使わない」

と、見せてくれるスマホのカメラロールが全て仕事用のスクリーンショットなんて子もいるけれど、私はどうしても思い出を残したいタチだ。

だって、人間の記憶って、強いようで脆い。中学生の頃の友人と会って、「こんなことあったよね」と言われて覚えていないことがある。友人が、「こんなことあって超楽しかったよねぇ」と笑いながら言ったことが、脳内のどこを探してもないのは悔しい。

逆も然《しか》り。自分の中ではきらめく青春の1日なのに、友人の脳内にそれがないのはなんか悲しい。

だからデジカメで写真を撮る。そして日付を印字して現像しては、アルバムに貼り、「○○ちゃんと浅草」と一言コメントを書いてまとめる。

楽しかったなー
フフッ
アルバム作りも楽しい♡

いや、SNSに載せたって、あとから見返せるのはもちろん分かるけど、〃いいね！〃という可視化される評価があると、私はどうしても媚《こび》を売り始めてしまう。

SNSに載せるためだけに食べるもの飲むもの、加工アプリで原形をとどめないこぼれ落ちるほどでかい目玉と、透き通る肌、自分を偽ってでも褒めてほしい、私を見て、と思ってしまう。

でもアルバムならば不特定多数に見られることはない。空き巣にでも入られりゃ見られることもあるかもしれないけど、金目のものじゃないからポイッだろう。

写真のアルバムアプリなら、過去の写真を「〇年前の今頃こんなことしてました」と教えてくれるのは分かっているけれど、現像してアルバムに残しておくと、SDカードやアプリに収まったものより自分の生きた証が重さとして感じられる。

人間は何歳まで生きられるか分からないけれど、これは死ぬまで続けていきたい。もうすぐアルバムは20冊を超える。人生で何冊になるか楽しみだ。私が死んだら葬式会場に展示して、来てくれた友人らに自由に見てもらい、「こんなことあったね」と目を細めてほしい。

たまに、デジカメで撮った写真をSNSに上げることもある。でも、それには時間がかかる。デジカメからSDカードを取り出して、変換アダプタに繋いで、それをタブレットに繋いで、画像を選んで送らなきゃならない。めんどくさい。

スマホの頃はスマホ内蔵のカメラで撮るからSNSにポンポン上げられた。でも今はこのめんどくささを乗り越えてでも載せたいか？　と自問してから載せねばならない。そして、そのめんどくささを乗り越えてでも載せたいものは……ぶっちゃけ指折り程度しかない。大体は載せなくてもいいものだ。

ちなみに、タブレットにアプリを入れればデジカメのボタン1つで画像を送れるそうだが、そんな恐ろしい機能は使用していない。する予定もない。

スマホに吸い込まれてしまっているものの多くは、おそらく別に吸い込まれる必要のないものだ。じゃあ別に摘出してもかまわんだろう。

メールやLINEもいいけれど、私は手紙も好きでよく筆をとる。

今は気軽に芸能人やアスリートにSNSで言葉を送ることができる。でも気軽な反面、ひどい言葉もひどいと思わずに打ち込めるし、簡単に炎上する。

私は気軽に送れる言葉よりも、時間を削って書かれた肉筆が好きで、推しのプロレスラーにはファンレター1通につき便箋10枚くらい書いている。

肉筆でもらうのも好きだ。言葉の重さが、肉筆のほうが少し重い気がする。体重は軽いほうがいいけれど、言葉は重いほうがいい。

＊

毎朝ゴミ出しのついでに電子機器を一切持たずに、5分でもいいから外を歩く。

私の住むマンションはゴミ置き場が建物から少し離れているから、ゴミを片手にえっさほいさと歩かなくちゃならないのだけれど、スマホの頃はその数分でもスマホを持っていた。持っているというより、体の一部だった。

エレベーターに乗っている間はもちろん、なんなら歩いている時も、左手にゴミ、右手はスマホで、目は画面を見ていた。

けれど最近は、タブレットもケータイも持たずにゴミ出しに行く。

なんとも身軽な感じが心地よく、ゴミ置き場にとどまらずもう少し足を延ばそうと、マンションの周りを1周してみた。電子機器を持たずに歩くのが快感だった。現代社会で知る人ぞ知る贅沢みたいだ。

それから、少しずつその距離を延ばしてみた。

住んでからしばらく経つのに知らなかった。マニアックな飲み物を取り扱う自動販売機とか、美容室みたいな外装のパン屋さん、逃げた小鳥の行方を探すポスター……下を向いていては見られないものを見ながら、あてもなくぶらついた。

そして、ぶらつくだけでは飽きたらず、いつもは仕事帰りに食品や生活用品を買っていたのだけれど、それを朝に変えた。

コンビニしか開いていないけれど、コンビニにはほとんどのものが揃っている。洗剤も、卵も、カットキャベツも売っているので上等だ。

5時に起きて、5時半にはコンビニにパジャマ姿で、電子機器を持たず出かけるようになった。朝早くからご苦労様なサラリーマンや、朝練に行く学生とすれ違うのは少し恥ずかしいが、これからの人生で彼らと関わることはおそらくないだろうしまあいいかと、腕を振りエコバッグで風を切って歩いた。

会計時に、「アプリお持ちですか？　今なら○パーセントオフですよ」と言われるのを寝ぼけ眼のスマイルで断って、ニコニコ現金払い。スマホだった頃はお店のアプリのクーポンも夢中になっていたけれど、割り引きだ無料だに釣られると、案外いらないものを買ってしまうんだよなあと思いつつ。

家路へと続く道のり、ふと顔を上げると虹が出ていた。

大変。虹なんて自然現象、お金を払っても見られるもんじゃない。フラペチーノは600円も払えば誰でも買えるけれど、虹は600円払っても買えない。これはいいねを集める1枚の大チャーンス☆☆

……と、スマホの奴隷だったら言うだろう。何年か前の私なら、アスファルトにうまくスマホを置いて鞄で立てかけ、他の歩行者の迷惑になろうが、車が来ようが、「僕は死にましぇん」と虹と気取った顔の自撮りを続けていただろう。そしていいねにご満悦してたはず。

でも今は、「わあ、キレイ」とは思うけれど、カメラやタブレットを取りに帰ろうとは思わない。そりゃ写真に残せたらいいけれど、でも……

「まあ、いっか」

カメラマンじゃあるまいし、虹なんてこれから生きてりゃまた見るだろう。

私がSNSに上げなくたって、「虹　写真」で調べれば、プロが撮ったものがいくらでも出てくるわけだし。

「まあ、いっか」って言うと何か諦めたような言い方だけど、SNSに上げたい気持ちがこみ上げてきた時、「まあ、いっか」と言ってみると、本当にそれはまあいいことなんだと言い聞かせられる。

ピリカピリララ、テクマクマヤコンテクマクマヤコン、魔法の呪文はたくさん知っているけれど、本当の魔法の言葉は初めて知った。

その呪文を唱えるたびに、スマホの奴隷の証だった烙印は薄くなり、ジャラジャラ付いていた鎖の重さも忘れてきた。

これでやっと本当にスマホの奴隷解放だろうかと、晴れやかな青空の下、水たまりを踏みつつ思う。

スマホが体の一部だった頃、私はいつだって他人に、誰かに、自分の幸せを委《ゆだ》ねていた。

〝いいね！〟の数がまさしくそうだ。自分が楽しかったらそれでいいはずなのに、顔も知らない誰かが指先で押す評価に左右されて顔色を窺っていた。

飲食店の口コミなんかもそう。自分がおいしいと思えばそれでいいのに、星の数や評価に踊らされて、自分で選ぶことができなくなっていた。

生身の自分じゃなく、画面を介した誰かを心の拠り所にしていた。

でも、自分の拠り所は自分でなくちゃいけない。そうじゃないと、自分が見えなくなってしまう。

＊

私はスマホの奴隷をやめた。

そしてそのことをこうしてたいそうに語っている。けれど、もし今スマホを手渡されたら、確実に今までの努力も水の泡に、スマホの奴隷に戻っちまうだろう。それくらいあのご主人様は強く中毒性を持っている。

だから私は今もケータイで、これからもずっとケータイがいい。

ケータイへの愛しさは増していて、ケータイ会社に「ケータイをまだ売ってくださり感謝！　これからもよろしくお願いします」と手紙を書く始末だ（なんと好意的な返事が来た！）。

私はどうあがいても少数派。世界は自分と違うに冷たい。

それはすごく悲しいことに思えるけれど、でもそりゃあ仕方ないよな。だって違うんだもん。なんなら人間は、全員全てもれなく違う。

私は脱スマホの奴隷計画のためゴキブリの画像を待ち受けにしていたけれど、世の中にはゴキブリが大好きでたまらなくて、殺虫剤のＣＭに心を痛めて涙を流している人もいるかもしれない。

私とその人は、違う。相容《あいい》れないだろう。

けれども、違うからといってその人に中指立てる理由にはならない。

私がゴキブリを好きになる日は一生来ないだろう。一生、「ギャー！」と叫び続けると思う。でもゴキブリを愛しているその人に、

「どうしてゴキブリが好きなの？」

と問うこともできる。

「あのね、触角がかわいくて、黒光りが……」

という答えに対して、共感はできないだろうけど、「そうなんだ」と、私と違う価値観に頷くこともできる。

〝違う〟を存在しないものとして見て見ぬふりをしたり、首を横に振って拒むことはすごく簡単だ。

でも、そうする人が多い中で、〝違う〟に耳を傾けて、〝同じ〟にはなれなくても首を縦に振ること、それはとても素敵なことだと思う。

スマホが嫌だと思った時、スマホに疲れていると気がついた時、私はこの胸に感じた人とのズレを悪いことのように思った。

人は〝違う〟にネガティブで、マイナス感情で、なおかつ敏感で、ちょっとのズレに後ろ指をさす。みんなと同じ色以外にNOを突きつける。

〝違う〟を抱えながら、〝違わない〟ふりをしているのは、指名手配犯のような気持ちだった。

けれど、「違う＝悪」じゃなかったと、スマホをやめて、多数派から少数派になって、心ごとスマホの奴隷をやめて、少しずつ噛みしめるようにじわじわと気づいてきた。

それは、悪だと思っていた「違うこと」を、「いいね」と声に出して肯定してくれた人や、「私も実はスマホに疲れてるんだ」とこっそり共感してくれた人がいたから。

みんながみんな量産されたように揃いに揃っていたら、窮屈でつまらない。違うからこそいいものだってたくさんある。

きゃりーぱみゅぱみゅだって、あの独特のファッションやアイデンティティだからこそきらめくのであって、黒髪、Tシャツ、ジーンズだったら、つけまもつかない。つけま、つけま、つけまつかない。びりりと剝がれてしまうだろう。かといって、クールで洗練された椎名林檎にきゃりーのアイデンティティを押し付けたところで、それはぴったりとハマらない。

けれど、それが当然なんだ。

多数派・少数派とボーダーを引いたって、その中にいる人は1人1人違う。違うことに引け目を感じていたけれど、でもむしろ、なにからなにまで全く同じ人間のほうが、それはちょっとぞくっとくる。コピーロボット？　世にも奇妙な物語？

〝違う〟は悪ではなく、むしろ当たり前なことだ。

誰もが違っていて、1人1人に好きなものも嫌いなものも、得意なものも苦手なものもあって、誰かに合わせる必要はない。好きなものは好きなのだ。

いろいろな人がいるのだから一択に迫らなくてもいい。JKでもガラケーでいいし、90歳でもスマホでもいい。好きならば、それで。

だから別に、このエッセイを読んだあなたに、

「どう？　ガラケーいいでしょ？　あなたもガラケーにしませんか？」

と、私は迫れない。

十人十色、自分の心がしっくりくるものを選んで使えればいいと思う。私の場合は、それがガラケーだったのだ。

けれど、あなたにとってそれはスマホかもしれない。

私のようにガラケーかもしれない。

もしかしたら、スマホもケータイも持たないのがしっくりくる人もいるかもしれない。

私はアンチスマホではない。でも、街で見かける、頭を垂れて、画面を見つめる人に、聞きたい。

それって本当に自分らしい自分ですか？　無理をしていませんか？

画面を見つめた時間を、のちのち悔いていませんか？

「あなた、スマホの奴隷になっていませんか？」

付録：「スマホの奴隷をやめる14の法則」

スマホ依存をやめたいけれどもやめられないという人に向けて「法則」だなんて格好つけてまとめてみました。どれも、私がやってみて効果の高かった作戦です。ぜひ活用してみてください。

①電源は切っておく

スマホでもタブレットでも、電源はなるべくオフにしておきましょう。起動するまでのわずかな時間で、見たい気持ちを抑えられることがあります。

しぶしぶ、「あーやだなあ」と電源を切っても、おもちゃを取り上げられた子ども状態になっちゃう。癇癪起こして泣いちゃう。だから、「よっしゃ、今日は昨日より早く電源を切った」とか、寝る前に、「前の私だったら夕飯食べた後にスマホ見ちゃってたけれど、今日は見ずに過ごせた」と誇らしげに思えるようにしてみましょう。

②「今日はスマホ触らないぞ」と口に出してみる

心で思うだけじゃなくって声に出してみましょう。家族であったり、ぬいぐるみでもいいし、別に相手がいなくてもいいので、とにかく声に出すと効果的です。声に出してみればなんだか実行できる気がするし、実行できなかったら意気揚々と宣言していた自分がちょっと恥ずかしくなるから。「俺は天才！」と豪語する『スラムダンク』の主人公のような勢いで。タカラジェンヌ気分で歌うのもアリです！

③SNSに載せる前にノートに書く

私は今でも「ツイッター帳」というのを作っています。前なら、なんでもかんでもその場のノリで思いつくままにツイートしていましたが、今はここに一旦書いて、見返して本当に必要なことだけを発信するようにしています。案外、ツイートしなくても別にいいだろってことのほうが多いです。

④電源を切った時間を可視化する

毎晩、何時に電源を切ることができたか、手帳でもメモでもカレンダーでもいいので記入してみましょう。前の日と比べることで、自分がどのくらいがんばることができたかが目に見えて分かります。目標を決めて、達成できたら子どものトイレトレーニングみたいに、壁にシールを貼っていくのもよいかも！

⑤嫌いな画像を待ち受けにする

もうスマホに触れるのも嫌になるような奴を！　ちょっと荒療治ですが。私は「G」「貞子」「呪怨」「ぬ～べ～」のローテーションにしていました。こりゃスマホ気軽にいじれませんよ。鳥肌立ちます。これ、かーなーり効きます！

⑥アメとムチを自分に与える

がんばれた自分にはご褒美を、誘惑に負けてしまった自分には罰を！　単純な方法ですが、意外と効果的です。自分に甘くならないように注意しましょう。

⑦SNSとのうまい距離感を作る

今SNSを見なくても、何も起きていない！　別にSNSは義務じゃない！　私は芸能人じゃないんだし、誰も私がどこにいるとか、何を食べているとか、そんな一挙一動知りたがっていないと意識してみましょう。

⑧代用できるものは代用する

暇だからちょっとスマホをいじる代わりに、本を読んでみる、手紙を書いてみる、携帯音楽プレーヤーで音楽を聴いてみる、家に置いてあるパソコンで作業することにする、家でテレビを見てみるｅｔｃ．。アナログな余暇の過ごし方は贅沢でいいものですよ。

⑨タイマーで時間を決めてから触る

家でスマホをいじる時にタイマーをかけてみましょう。はじめに設定するのは自分が長いなと感じる時間で。45分でも60分でも。「こんな長い時間スマホ触ってねえよ」と思う時間で設定してみてください。スマホを使い始めるとあっという間にピピピッと鳴ります。それで、自分って依存しているのかな？　って自覚が生まれます。気づくのが第一歩。

はじめに設定した時間を何回か繰り返したら、今度は1分単位でもいいから短くしていきましょう。ちなみに私は今、家でタブレットを使う場合は15分単位で設定しています。

⑩本当に必要かを考える

スマホに触れる前に、「これから何をやるか」「何のためにそれが必要なのか」の2点を大きめの付箋《ふせん》に書いてみましょう。

書いてからスマホに触れると無駄にだらだら使う時間がなくなります。これ、結構いいよ！

⑪100の〝いいね！〟より1人に会う

ネット上では多くの人に出会えるかもしれませんが、実際に足を運んで、生で人と会うことを大切に生きましょう。それは友達でもいいし、誰かの講演会でもいいし、アイドルの握手会でもいいと思います。

私はイベントハウス（昼にやっているスナックみたいなところです）で月に一度行われているカラオケ大会に毎月行っています。連絡先も知らない人や、ニックネームしか知らない人も多いですが、毎月顔を合わせて歌ったりお話ししたり交友を広げています。

あと、いわゆるオフ会に行ったりするのも好きです。知らない人に会って何度も「はじめまして」と自己紹介するのは、ドキドキするものの貴重な体験です。

⑫スマホを持たずにちょっと外出してみる

はじめはゴミ出しや近くのコンビニでもいいです。1駅先にある喫茶店でもいい。不安でも手持ち無沙汰でも、とにかく近いところからでいいので始めましょう。決まった曜日に何回かやってみるといいと思います。

意識的にスマホがない時間を作ってみると、随所で、「あ、こんなところでもスマホを見ていたんだ」と気がつきます。電車の中で扉にもたれる時とか、エスカレーターに乗る時、信号待ちの時、意外と見ていたことが分かります。

サウナやスーパー銭湯みたいな、そもそも電子機器を持ち込めないところに行くのもおすすめ。デジタルデトックスでき、体も整えられて、一石二鳥！

⑬自分を客観視してみる

家族や友達に、自分がスマホを使っている様子を撮影してもらってください（もちろん歩きながらはダメですよ。家の中とか教室の中でね）。

撮影してくれる人がいなかったら、スマホを立てかけてでも、三脚でも、デジカメでも、なんでもいいので設置して録画してみてください。

背筋がぐにゃんと丸まっていたり、顔がたるんでいたり、自分の知らない自分に出会えます。そして少しぞっとします。

⑭暇を味わう

例えば電車の中、窓の外をぼんやり眺める、ちょっと目を閉じてみる。喫茶店のテラス席に座って人の流れを見てみる。「つまんねえな」と思わずに、暇な時間を作り出して、堪能してみましょう。

ちなみに私は、電車の中でスマホをいじりたくなったら窓の外を見て、例えば「駅に着くまでに青いものを5個見つける」とテーマを決めたゲームをしていました。それから「指ヨガ」っていうのをしていました。両手を使うし、体にもいいらしいし。おすすめです。

参考資料

『「朝ドラ」を観なくなった人は、なぜ認知症になりやすいのか？』奥村歩（幻冬舎）
『あなたのこども、そのままだと近視になります。』坪田一男（ディスカヴァー携書）
『「承認欲求」の呪縛』太田肇（新潮新書）
『視力を失わない生き方　日本の眼科医療は間違いだらけ』深作秀春（光文社新書）
『視力を下げて体を整える 魔法のメガネ屋の秘密』早川さや香著、眼鏡のとよふく監修（集英社）
『スーパードクターと学ぶ 一生よく見える目になろう　いますぐ正しい習慣と最新知識を』深作秀春（主婦の友社）
『スマホ首は自分で簡単に治せる！』『安心』編集部編（マキノ出版）
『スマホ中毒症 「21世紀のアヘン」から身を守る21の方法』志村史夫（講談社＋α新書）
『スマホ廃人』石川結貴（文春新書）
『スマホをやめたら生まれ変わった』クリスティーナ・クルック著／安部恵子訳（幻冬舎）
『世界最高医が教える目がよくなる32の方法』深作秀春（ダイヤモンド社）
『そして生活はつづく』星野源（文春文庫）
『たった1日で目がよくなる視力回復法』中川和宏（ＰＨＰ研究所）

『友だち幻想　人と人の〈つながり〉を考える』菅野仁（ちくまプリマー新書）
『7日間で突然目がよくなる本　1日5分！　姿勢からアプローチする視力回復法』清水真（SBクリエイティブ）
『マンガでわかる 発達障害の僕が羽ばたけた理由』栗原類著、酒井だんごむし画（KADOKAWA）
『目がよくなる本　ヨガで近視は必ず治る』沖正弘（光文社知恵の森文庫）
『やってはいけない目の治療 スーパードクターが教える〝ほんとうは怖い〟目のはなし』深作秀春（角川書店）
『読みたいことを、書けばいい。人生が変わるシンプルな文章術』田中泰延（ダイヤモンド社）
朝日新聞「ながらスマホの自転車死亡事故、元大学生に有罪判決」（2018年8月27日）
「20秒スマホを注視…ながら運転、今も『妻は無駄死に』」（2019年2月7日）
産経新聞「『時速100キロでスマホ漫画見ながら運転』女性はねて死なせた元会社員の公判」（2019年3月4日）
日本経済新聞「愛知・ポケGO事故2年 遺族『ながらスマホやめて』」（2018年10月26日）
毎日新聞「ガラケー、根強いニーズ」（2019年4月11日）

「ガラケーは永遠に不滅？『スマホ全盛』でも販売急増の理由は…」（２０２２年2月20日）
読売新聞「子供の視力低下　デジタルの影響を検証せよ」（２０２１年4月21日）
週刊女性「子どもに急増中スマホ斜視って？」（２０１９年9月3日号）
週刊新潮「『スマホ』が危ない！　高齢者と子どもを蝕む『脳の病』」（２０１９年8月15・22日夏季特大号）
The Telegraph「スマホのブルーライトで失明早まる可能性、研究」（２０１８年8月14日）
東洋経済オンライン「あなたが知らない深刻なSNS疲れの世界潮流」（２０１８年9月21日）
「依存症だった私が30日間『スマホ断ち』した結果」（２０１９年3月20日）
BUSINESS INSIDER JAPAN「『スマートフォンは20年以内に消える』中国バイドゥCEOが予言」（２０１９年1月8日）
プレジデントオンライン「〝インスタ映えバカ〟のリア充自慢は病気だ」（２０１７年12月26日）
Ｙａｈｏｏ！ニュース（個人コーナー）「【ながらスマホ】来年から罰則強化　2年前、娘の命を奪われた遺族の思い（柳原三佳）」（２０１８年12月25日）

本作品は、２０１９年11月、弊社より刊行された単行本を
大幅に加筆・修正し、文庫化したものです。

文芸社文庫

#スマホの奴隷をやめたくて

二〇二二年十月十五日　初版第一刷発行

著　者　忍足みかん
発行者　瓜谷綱延
発行所　株式会社　文芸社
〒一六〇－〇〇二二
東京都新宿区新宿一－一〇－一
電話　〇三－五三六九－三〇六〇（代表）
〇三－五三六九－二二九九（販売）

印刷所　図書印刷株式会社
装幀者　三村淳

ISBN978-4-286-23589-9

［文芸社文庫　既刊本］

伊藤英彦
サジュエと魔法の本　上
赤の章

魔導師として名高い祖父を持ちながら、魔法が苦手な少年サジュエ。祖父宅で不思議な赤い本を見つけたことから、その本を狙う何者かに追われることになる。勇気と友情の本格ファンタジー。

伊藤英彦
サジュエと魔法の本　下
青の章

国際魔導師機構は暴走する各国を止めるため、戦場と化す城へ向かうが…。サジュエは魔法の本を守り抜き、邪導師の野望を阻むことができるのか？　サジュエと仲間達の最後の決戦が始まる。

川口祐海
イシュタム・コード

自殺者が急速に増える中、成長したユウは驚愕の計画を突き止める。そこには、行方不明となっている父の人生を賭けた闘いが隠されていた！少年の成長と活躍を描くファンタジック・ミステリー。

川口祐海
ニュー・ワールズ・エンド

巨大組織の陰謀によって富士山が大噴火を起こした。立て続けに起こる原発事故、ウイルス拡散。秘密を握るキーマンとして組織から追われる研究者、その三つ子の娘達に人類の存亡が託される。

[文芸社文庫　既刊本]

深堀元文

前世療法探偵キセキ

若き精神科病院長・小此木稀夕は、ある女性から体験させられた「過去生返り」で3つの事件を見る。それは現世で起きた「立春の日殺人事件」とどう関わるのか。現役精神科医が描くミステリー。

穂積良洋

不滅のワイルズ

小学3年生で白血病を発症。運命に怒りを覚えながらも、フェルマーの最終定理を証明したA・ワイルズの不屈の精神に共鳴し、その名で闘病の日々を綴った。17歳で夭折した少年が遺した生身の思い。

六角光汰

太陽系時代の終わり

2270年、超高度文明の遺跡から未知の機器が発見された。宇宙進出に向けた実用化の実験中にアクシデントが…。人間とテクノロジーとの関係を描いた第1回W出版賞金賞の本格SF小説。

村上アキ子

愛犬アミ、世界で一番愛した君へ

超未熟児で生まれ、心停止を起こしていた子犬の一命をとりとめたことから、母性が目覚めた作者はいつしか最強の親バカに。新米ブリーダーと愛犬との絆をユーモラスに描いたコミックエッセイ。